KB012166

각하와 함께
쇼핑 데이트?!
"루스 씨, 옷 스타일이
평소와 좀 다른 것 같네요?
……잘 어울려요."
"저, 정말인가요?"
단칸방의 침략자!? 34

Legendary Weapon System
Series02 "Combat dress"
Accessory "Grapple Black"

"흐흥, 드디어
소녀의 차례가
왔구나."

새로운 『그림자』
엄습한다—!

단칸방의 침략자!?

글 : 타케하야
그림 : 뽀코
옮긴이 : 원성민

5월 27일 (금)
꿈틀대는 어둠 …………………… 11

5월 29일 (일)
고양이와 루스 …………………… 19

5월 29일 (일)
예기치 못한 공격 …………………… 53

5월 30일 (월)
저마다의 생각 …………………… 89

5월 30일 (월)
카스미 라이가 …………………… 121

5월 30일 (월)
불씨를 좇아서 …………………… 143

6월 8일 (수)
카스미 저택 공방전 …………………… 193

후기 …………………… 241

코로나장의 주민

아이카 마키

전직 다크니스 레인보우 소속
악의 마법소녀.
지금은 코타로와 마음이 통하는
사토미 기사단의 충신.

마법소녀 (포르사리아 마법왕국)

유령 상태

히가시혼간 사나에

코타로에게 들러붙었던 유령 소녀.
지금은 본체로 돌아가 생기발랄.

유령 소녀

니지노 유리카

사랑과 용기의
마법소녀 레인보우 유리카.
허당이지만 할 때는 하는
마법소녀로 성장.

티어밀리스 그레 포르트제

청기사의 주인이자
은하황국의 공주님.
황녀의 풍격을 드러내기 시작
했지만 쉽게 발끈하는 기질은
여전하다.

루스카니아 나이 파르돔시하

티아의 호위이자 시종.
동경하던 청기사를 모시게 돼서 대만족.

알라이아 공주

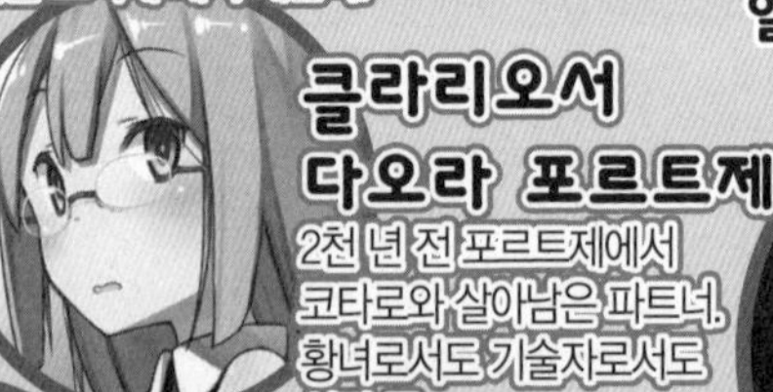

클라리오서 다오라 포르트제

2천 년 전 포르트제에서
코타로와 살아남은 파트너.
황녀로서도 기술자로서도
성장 중.

나르파 라울레인

정식으로 포르트제에서 온 유학생.
코타로 일행과는 신비로운 인연이
있는 듯한데……?

사쿠라바 하루미

2천 년의 시간을 뛰어넘은
알라이아 공주의 환생.
사랑하는 사람과 평범하게
살 수 있는 지금이
무척이나 소중하다.

우주인 (신성 포르트제 은하황국)

캐릭터 세력도

카사기 시즈카

코타로의 동급생이자
코로나장의 주인.
그 몸에는 화룡제 아르나이아가 깃들어 있다.

쿠라노 키리하

추억 속 인물을 마침내 찾아낸 지저인 공주님.
명석한 두뇌를 이용해서
사랑의 밀고 당기기에서도 최강 클래스.

지저인 (대지의 백성)

사토미 코타로

코로나장 106호실의
일단은 정당한 계약자이자
주인공이며 청기사.

마츠다이라 켄지

코타로의 친구 겸 악우.
살짝 경박하지만
좋은 이해자이다.

마츠다이라 코토리

켄지의 여동생이지만
오빠와 다르게 내성적인 소녀.
신입생으로
킷쇼하루카제 고교에 입학한다.

코타로의 소꿉친구

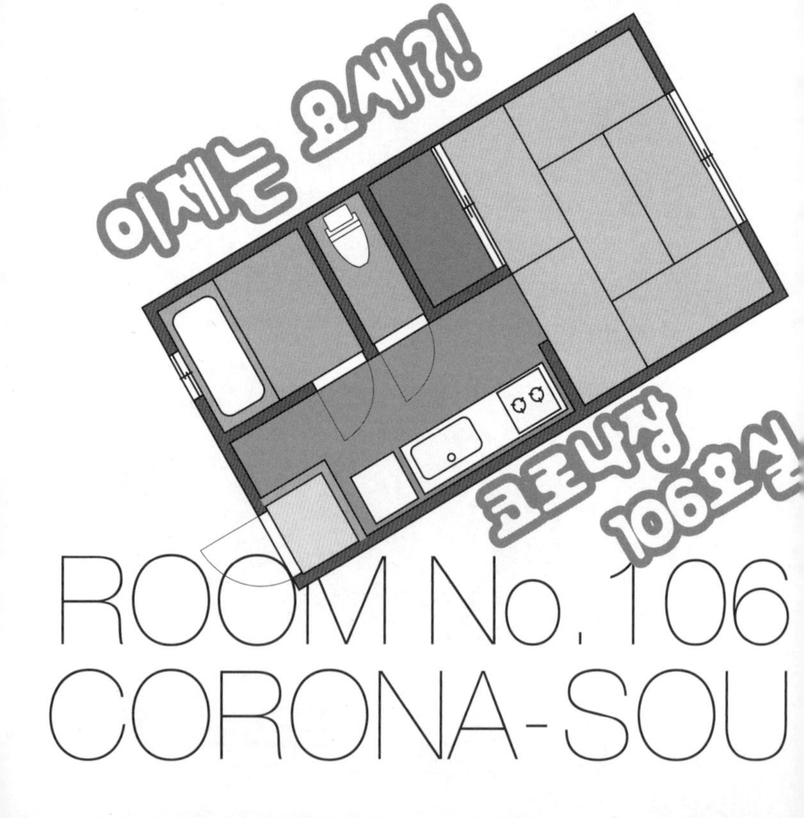
이제는 요세?!
코로나장
106호실
ROOM No.106
CORONA-SOU

꿈틀대는 어둠

5월 27일 (금)

반달리온은 포르트제 내란 당시에 기계로 된 거대한 용, 진룡 2식을 만들었다. 그 제조 과정에는 포르트제의 최신 기술과 함께 지저의 영자력 기술, 포르사리아의 마법이 사용되었다. 하지만 반달리온 일당이 영자력 기술과 마법을 제대로 이해했느냐 하면, 그렇지는 않았다. 그것들은 어디까지나 DKI에서 제공한 새로운 기술이라는 인식에 머물러 있었다. 예지 마법을 사용할 수 있는 그린을 유괴한 시점에서도 그랬다. 미래를 예지하는 특수한 인간을 DKI가 찾아내서 이용하고 있다— 그 정도 인식에 불과했다. 그들은 영자력 기술이나 마법이라는 또 다른 기술 체계가 존재한다는 생각 자체를 하지 못했으며, 그저 포르트제 과학의 연장선상에 있다고 생각했다. 그리고 결과적으로 그러한 이해의 부족이 반달리온의 패배로 이어졌다.

"크게 보자면 숙부님은 적의 힘도, 자신의 힘도 과소평가했다고 할 수 있겠지. 현실을 보지 못한 거야."

"그것이 전쟁이든 사업이든, 현실을 오판하면 이길 수 없죠."

"그렇지. 숙부님— 반달리온 경은 질만해서 진 거였어. 하지만 그걸 숙부님 실수라고 단언할 수는 없지 않을까?"

그런 반달리온의 실패를, 그의 조카 라르그윈은 어쩔 수 없는 일이라고 생각했다. DKI라는 거래처 기업에서 제공한 여러 신기술과 제품 중에 포르트제 과학 기술의 틀을 벗어난 것이 포함되어 있을 거라고 누가 생각할 수 있었겠는가? 애초에 포르트제의 기술 자체가 이미 일반인의 상식으로는 상상할 수 없는 영역에 있었으며, 아무도 어떤 원리로 작동하는지 모르는 채 당연하게 이용하고 있었다. 예를 들어 우주여행의 근간을 이루는 공간 왜곡 기술의 원리에 대해서 이용자들은 잘 알지 못한 채 행성 사이를 오가고 있는 것이다. 도구나 기술의 원리를 일일이 확인하다 보면 생활에 차질을 빚기 때문에 반달리온이 그걸 몰랐다고 해도 어쩔 수 없는 일이리라. 그가 무능한 것이 아니라, 상식의 틀에서 벗어난 것들이 몇 가지 섞여 있었을 뿐이다. 그리고 반달리온도 아예 눈치채지 못하지는 않았을 것이다. 그것은 반달리온이 라르그윈을 지구에 남겨두었다는 점을 통해서도 알 수 있었다. 코타로 일행의 능력 뒤에 무언가가 있다는 심증은 있었지만, 대규모로 행동에 나설 만한 확신이 없었다는 게 솔직한 심정이리라. 역시 코타로의 힘은 엘파리아 측의 프로파간다와 공작으로 날조된 것이라고 생각하는 편이 더욱 자연스러웠다.

"맞습니다. 그렇기 때문에 그 영자력 차폐장치는 아무도 이해하지 못한 채 우리 창고에서 먼지를 뒤집어쓰고 있었던 거고요. 오히려 그걸 이해하신 라르그윈 님이 특별하신 것 아니겠습니까?"

"그토록 화려하게 패배하면 싫어도 깨닫게 되는 법이야. 비싼 수업료였지."

그러나 지구에 남겨진 라르그윈은 코타로의 힘이 포르트제의 기술 밖에 있음을 확신하고 있었다. 뜬구름 잡는 소리 같지만 분명히 존재하는 힘이었다. 그것은 반달리온이 패배했기 때문에 이해할 수 있는 일이었다. 그래서 영자력 기술 일부를 손에 쥐었을 때 그는 어두운 희열에 휩싸였다. 그러한 사정이 있었기 때문에 라르그윈은 영자력 기술을 가져다 준 지구의 기업에 즉시 한 가지 기술을 제공했다. 그것은 감사의 표현인 동시에, 아직은 가느다란 실마리를 굵고 튼튼하게 만들기 위한 수단이기도 했다. 물론 전자는 그에게 있어서 이례적인 행동이었으며, 그만큼 이 일을 중요하게 여긴다는 뜻이기도 했다.

"우리에게 제공해 주신 기술도 수업료에 포함되는 겁니까?"

"그런 셈— 아니, 반은 답례라고 생각하라고. 이런 행운을 놓칠 수는 없는 노릇이니까."

"그 기술에 대해 말씀드리자면…… 검산한 결과, 제공해 주신 방정식은 확실히 현재 우리 기술로도 재현할 수 있을 것 같습니다."

"그건 좋은 소식이로군. 우리도 구조재를 조달할 수 있게 되니까. 다만……."

"걱정 마십시오. 처음에는 A가 아닌 B 방정식을 바탕으로 생산할 테니까요."

라르그윈이 제공한 것은 금속을 강화하는 기술이었다. 지구에서 생산되는 금속은 이론상 강도보다 크게 떨어지는 품질을 가지고 있다. 왜냐하면 원석을 제련하여 금속 덩어리를 만드는 과정에서 불완전한 결정 구조가 대량으로 발생하기 때문이다. 그리고 외부에서 금속에 힘이 가해지면 그 불완전한 결정 구조에 응력이 집중돼서 파단(破斷)되고, 이것이 연쇄적으로 발생하는 것이 이론상의 강도에 도달하지 못하는 원인이었다. 그리고 라르그윈은 그 불완전한 결정 구조를 줄이는 기술을 제공했다. 그것은 지구의 기술로 재현할 수 있는 범위에 있었으며, 그 기술의 근간을 이루는 방정식은 일부러 두 가지를 제공했다. 각 방정식으로는 가능한 범위에서 최강의 강도를 자랑하는 금속, 그리고 현재 유통되는 것보다 조금 더 높은 강도의 금속을 제조할 수 있었다. 그리고 그들은 일단 후자를 생산할 생각이었다.

"너희로선 B 방정식으로 시작하는 게 불만스럽겠지만, 장기적인 관점에서 생각해주길 바라."

"불만이라니 당치도 않아요. 오히려 이 반걸음 앞서나가는 게 절묘하다고 생각합니다."

"화려하게 앞서가려고 하니까 눈에 띄는 거야. 설령 반걸음이라도 모두가 원하는 기술이라면 충분하겠지. 게다가 너희가 자체적으로 개발해도 이상하지 않을 수준의 기술이니까 황녀들의 눈에도 안 띌 테고."

지구에 갑자기 획기적인 기술이 등장한다면 포르트제 정부는 기술 유출을 의심할 것이다. 하지만 반걸음 정도, 살짝 앞선 기술이라면 지구에서 자연적으로 개발된 것으로 생각할 터다. 라르그윈은 바로 그 점을 주목했다. 설령 반걸음 앞선 기술이라고 해도 연구 개발비가 제로인 데다 시장을 독점할 수 있다면 충분한 이익이 발생한다. 고강도 소재는 제조업의 모든 분야에서 항상 수요가 있는 법이다.

"그리고 기술이 두 단계로 나뉘어 있다는 건, 사업 기회가 두 번 있다는 뜻이기도 하니까요."

처음에 출시한 제품은 언젠가 분석되어 모방품이 나오게 될 것이다. 하지만 그렇게 되더라도 또 다른 방정식을 이용한 신제품을 바로 출시할 수 있다. 즉 모방품을 만든 기업의 노력과 자금은 물거품이 되는 셈이다. 사내 기술부서에서 대강 계산해본 결과, 10년 이상은 확실하게 시장을 독점할 수 있을 터였다.

"흠, 그 생각은 못해봤는데. 확실히 맞는 말이로군."

라르그위이 즐거운 듯 웃었다. 자신이 선택한 파트너가 기대 이상으로 영리하다는 사실에 만족한 것이다.

"그리고 수율 문제도 있죠. 한계에 가까운 수준에서 갑자기 손을 대는 건 야만적이라고 할 수 있어요."

기업이 보유한 기술력의 한계에 가까운 것을 제조하려고 하면 불량품이 대량으로 발생하게 된다. 그러면 불량품의 비용을 제품 가격에 덧붙여야 할 필요가 생긴다. 그러니 우선 반걸음 앞선 기술로 제조 공정을 확립하고, 그 다음에 상한 기술 제조로 넘어가는 것이다. 그렇게 하면 기업 자체의 기술력이 향상되는 만큼 불량품에 대한 리스크가 줄어든다. 기업 측으로서도 2단계로 진행하는 것은 환영할 만한 일이었다.

"흠, 너희에게 서비스를 너무 과하게 해줬는지도 모르겠군."

"안심하세요. 결코 그렇지 않다는 것을 지금부터 증명해 보이겠습니다."

"뭐라도 파악했나?"

"네. 그 장비의 출처와 접촉하는 데 성공했습니다."

"오호라, 투자하길 잘한 것 같군. 보고를 들어볼까."

"그러면—."

그리고 이 기술 제공의 대가는 영자력 기술을 가진 자들과의 접촉. 아직 지구에서의 활동에 익숙하지 않은 라르그윈 일당에게 있어 지구인에게 접촉 대행을 맡기는 것에는 큰 의미가 있다. 이렇게 그들의 계획, 혹은 침략이라고 해야 할 행동은 누구의 이목도 닿지 않는 곳에서 조용히 진행되고 있었다.

고양이와 루스

5월 29일 (일)

코로나장 106호실은 원래 사람이 많이 드나드는 방이었다. 올해부터 나르파와 코토리가 추가되면서 코타로를 포함하여 열두 명이 드나들게 되었다. 클란이 중력 기술을 이용해서 천장과 벽에 앉을 수 있도록 해 주었지만, 역시 3평 남짓한 단칸방에 열두 명은 비좁았다. 그나마 다행인지 불행인지, 최근에 나르파가 살고 있는 105호실과 106호실 사이의 벽에 구멍이 뚫려서 공간 문제는 해소. 현재 코타로 일행은 106호실과 105호실을 자유롭게 오가며 생활하고 있다. 하지만 이날만큼은 106호실 쪽에 사람이 극단적으로 몰려 있었다.

"우애옹~."

"안 돼, 고로짱. 얌전히 있어."

"냐~."

『귀—여—워—어—!』

소녀들의 목소리가 합창처럼 울려 퍼졌다. 소녀들의 시선 끝에 있는 것은 한 마리의 아기 고양이였다. 아기 고양이는 앞다리로 마키의 손을 끌어안고서 열심히 먹이를 먹는 중이었다. 튜브형 사료는 아기 고양이가 가장 좋아하는 음식이라서 마키가 얌전히 먹으라고 해도 소용이 없었다. 그리고 그런 아기 고양이의 모습에 소녀들은 완전히 마음을 빼앗겼다.

"아이카 양이 부러워요. 이렇게 귀여운 고양이에게 사랑받다니……."

하루미의 이 한마디는 다른 모든 소녀들의 마음을 대변하고 있었다. 고양이 — 참고로 이름은 고로스케 — 는 늘 마키 뒤를 졸졸 따라다니며 그녀를 가족으로 여기는 것 같았다. 최근에는 부모 고양이보다 마키와 함께 있는 시간이 더 길 정도였다.

"손이 많이 가긴 하지만 그만큼 애착도 가고…… 이 아이 덕분에 마음에 여유를 가질 수 있게 된 것 같아요."

그리고 마키 역시 고로스케를 소중히 보살폈다. 그녀는 고로스케의 식사, 화장실 관리 등을 보람차게 하고 있었다.

"얘, 마키. 너 그렇게 고집 부리지 말고 고로스케를 집으로 데려오면 되잖아."

"후후후, 이 아이는 자유롭게 살았으면 좋겠어요. 그 대신 이렇게 저를 찾아와 준다면 정말 기쁘겠지만요."

그리고 마키는 고로스케가 마음껏 행동하게 했다. 고로스케를 계속 집 안에만 두려고 하지 않았다. 고로스케가 밖에 나가고 싶은 기색을 보이면 현관문을 열어주었고, 돌아오면 다시 집에 들였다. 고로스케의 자유로운 선택의 결과로 마키 자신을 선택했으면 좋겠다고 생각했다. 이것은 그녀가 꿈에서 본 고양이 키우는 방식과 같았다. 물론 마법과 기계의 힘으로 고로스케가 지금 어디서 무엇을 하고 있는지는 알 수 있게 되었지만 말이다.

"흐음…… 의외로 복잡하구나……. 나는 매일 같이 놀고 싶은데."

"사토미 군이랑 노는 것처럼요?"

"맞아~. 어느 때건 손이 닿는 곳에 있지 않는 건 싫거든—."

"결국 그렇게 될 거예요. 저도 지금은 사토미 군 곁에 있는 것처럼."

"아~ 알겠다, 알겠어. 그런 거구나~."

고로스케의 존재는 마키에게 자신과 이 세상이 연을 맺는 방법을 다시금 깨닫게 해주었다. 그렇기 때문에 자신이 코타로를 선택한 것처럼 고로스케도 자신을 선택해 주기를 바랐다. 종족이 다른 만큼 선택하는 이유는 다르겠지만, 마키는 그게 제일 좋은 길이라고 생각했다.

"그러고 보니 마키, 이 아기 고양이의 어미인…… 고로네는 지금 어떻게 지내고 있나?"

키리하는 강아지풀을 요리조리 흔들면서 마키에게 물었다. 식사를 마친 고로스케는 키리하의 강아지풀에 달려들어 좌로 우로 정신없이 뛰어다녔다.

"고로네는 이웃 할머니 댁에 있어요."

"작년부터 할머니가 계속 돌봐주셨고, 혼자 사시니까 걱정하는 것 같아."

사나에가 마키의 설명을 보충했다. 영력을 자유자재로 다루는 사나에는 대략이나마 동물의 마음을 알 수 있다. 사나에가 본 바로는 고로네는 늘 할머니에게 감사와 걱정하는 마음을 품고 있었다.

"흠, 의리 있는 고양이로군."

"그리고 할머니를 잘 보살피는 것 같아요."

"그래~? 고로스케를 그냥 방임하고 있잖아."

"마키에게 맡겨두면 대체로 괜찮을 거라고 생각하는 거겠지. 고로스케, 욘석아. 이번에는 소녀와 함께 놀아보자꾸나."

"야옹~!"

키리하의 강아지풀 놀이에 만족한 고로스케가 이번에는 티아에게 다가갔다. 티아는 움직임이 기민해서 고로스케에게 딱 맞는 놀이 상대였다. 요즘 자주 하는 놀이는 고로스케가 천천히 티아에게 다가가고, 티아가 그런 고로스케를 잡으려고 하는 놀이다. 물론 고로스케는 잡히지 않으려고 도망치고, 다시 다가가는 행위를 반복했다. 106호실에서 제일 빠른 티아이기에 할 수 있는 놀이였다.

"코토리, 조명을 조금만 더 키워줄래요?"

"응…… 이 정도면 될까?"

"네, 고마워요."

그런 티아와 고로스케의 모습을 나르파가 촬영하고 있었다. 그 옆에는 촬영 보조 코토리도 있었다. 나르파가 올리는 영상 시리즈『나르파 라울레인의 일본 체류기』는 여전히 포르트제에서 대인기였다. 요즘은 지구의 동물을 다루는 새로운 시리즈가 크게 호평을 받아서 순조롭게 시청자가 늘어나고 있었다. 최근에는 티아가 고로스케와 놀아주는 영상이 특히 인기가 많아서 더 자주 보고 싶다는 요청이 쇄도했다. 그래서 이번에 티아와 고로스케를 특집으로 다루기로 결정한 것이었다.

"이얍!"

"냥~."

도망치려다가 실패한 고로스케는 발라당 드러누워서 티아가 배를 쓰다듬는 것을 허락했다. 이렇게 티아에게 잡히는 것도 싫지는 않은지 고로스케는 도망치려 하지 얌전히 손길에 몸을 맡겼다. 고로스케는 그렇게 몇 번씩 잡혔다가 도망치기를 반복하다가 어느 순간 티아의 무릎을 타고 올라갔다. 그 위에서 둥글게 몸을 말고 쉬는 것이 이 놀이의 끝을 알리는 신호였다.

"티아 전하, 홍차가 다 우러났습니다."

그러자 절묘한 타이밍에 티아 앞에 홍차 한 잔이 놓여졌다. 티아와 고로스케가 놀기 시작한 것을 보고 루스가 준비한 것이었다. 오늘도 그 타이밍은 완벽했다.

"고맙다, 루스."

"애옹~?"

"이건 홍차이니라. 그대가 예전에 핥아먹었다가 혼이 난 게 기억나지?"

"……냐~."

티아는 루스에게 고마움을 표하고 홍차를 마시기 시작한다. 예법을 완벽하게 배웠기 때문에 티아의 행동거지는 대단히 우아하다. 고로스케는 그 사이에 티아의 무릎 위에서 둥글게 말려 있었다.

"좋겠다, 티아……. 아이카를 빼면 고로스케에게 제일 사랑받는구나."

그런 티아를 보면서 시즈카가 한숨을 내쉬었다. 시즈카는 티아처럼 고로스케에게 호감을 얻고 싶었지만 잘 되지 않고 있었다.

"카사기 양도 충분히 좋아한다고 생각하는데요……."

그런 시즈카를 보며 하루미가 웃었다. 하루미의 관점으로 보자면 고로스케가 가장 좋아하는 사람은 아마도 시즈카일 터였다.

“지렁이를 물어와 주기를 바라는 게 아니라구욧!”

『고로스케는 어제도 자기가 잡은 메뚜기를 내게 보여주러 왔지.』

『역시 괴수 아저씨다호—!』

『화룡제라는 이름은 겉치레가 아니다호—!』

『하하하, 나도 아직 제법 쓸만하구먼!』

시즈카의 불만은 고로스케가 자신을 과도하게 존경한다는 점이었다. 고로스케는 야생의 직감으로 시즈카가 가장 강하다고 판단했다. 그래서 최상급의 경의를 표하고 있었다. 종종 자기가 붙잡은 동물을 바치러 오기도 했다. 그리고 놀아주기는커녕, 거리를 두고 멀리서 관찰하는 듯한 거리를 유지했다. 그러다가 시즈카가 다가가면 긴장하면서 자리를 양보하듯이 슬금슬금 뒤로 물러났다. 그 원인 제공자인 아르나이아는 흡족했지만, 고로스케와 놀고 싶은 시즈카에게는 안타까운 상황이었다.

“저는 익숙해질 때까지 거리를 좀 두고 싶은데 말이죠…….”

반대로 클란은 그런 시즈카를 부러워했다. 클란도 고로스케가 귀엽기는 했지만, 원체 두문불출한 그녀는 동물과 접촉해본 적이 거의 없었기 때문에 우선 어느 정도 거리를 두고 지켜보고 싶었다. 하지만 고로스케는 그런 클란의 사정 같은 건 아랑곳하지 않고, 때때로 갑자기 클란에게 달려들어서 그녀를 놀라게 했다. 관심은 있으나 아직은 거리를 두고 싶은 클란에게는 곤란한 상황이었다.

"갑자기 접근하는 남자는 곤란하여요. 무척 귀여운 만큼, 더더욱……."

"하오나 클란 전하, 각하께서 갑자기 접근하셔도 별 문제는 없지 않으신지요?"

"파르돔시하! 그, 그렇지 않사와요. 무슨 망측한 소리를!"

"전하도 참…… 후후후……."

클란에게 특별한 사람은 단 한 명. 요 근래 들어 자주 드러나게 된 클란의 사랑스러운 모습에 루스는 무심코 눈웃음을 지었다. 그리고 그런 두 사람의 대화를 언뜻 듣고 코타로가 대답했다.

"나 불렀어?"

코타로는 벽에 걸어둔 커튼 반대쪽— 105호실 거실에 있었다. 커튼 뒤에는 나르파가 이사를 왔을 때 생긴 커다란 구멍이 있는데, 106호실과 105호실을 연결하는 통로로 쓰였다. 코타로는 커튼 사이로 목소리를 들었기 때문에 자기 이름이 나왔다는 것 말고는 아무것도 알 수 없었다.

"그냥 대화하다 보니 당신 얘기가 나왔을 뿐이지, 딱히 부른 적 없사와요!"

"화제는 제가 꺼냈어요, 각하."

"그래요?"

"그러니까, 이쪽은 신경 쓰지 말고 마음껏 당신 숙제나 하시길!"

"예, 예. 그렇게 합죠."

코타로는 이내 흥미를 잃고 하던 일을 다시 시작했다. 사실 코타로는 105호실에서 혼자 숙제를 하고 있었다. 원래는 106호실에서 하고 있었는데, 고로스케의 등장과 함께 소녀들이 106호실에 집합하면서 자연스럽게 밀려 나가다시피 105호실로 이동한 것이다. 이는 이미 일상적인 풍경이었기 때문에, 최근 코타로와 나르파는 서로의 방을 오가며 생활했다.

"......."

클란은 살짝 뺨을 부풀린 채 커튼을 바라보았다. 그러자 루스가 금방 클란의 속내를 파악하고 재차 웃음을 터뜨렸다.

"후후후. 위기는 모면했지만 안타깝게 되었네요, 전하."

"저는 모르는 일이어요—!"

만약에 코타로가 커튼을 열고 넘어와서 자세한 이야기를 들었더라면 클란은 곤란한 상황에 처했을 것이다. 하지만 아무런 관심도 보이지 않고 선뜻 물러나 버리는 것은 그 자체로 화가 나는 법이다. 그런 여자아이 특유의 속사정은 루스도 잘 아는 바다. 그래서 루스는 미소를 지었다.

사실 평상시 106호실은 숙제를 하기에 적합한 곳이 아니다. 늘 떠들썩한 데다가 이따금씩 누군가가 말을 걸어서 숙제가 중단되곤 한다. 때문에 이렇게 105호실에서 숙제를 할 때 더욱 빠르게 진행할 수 있었다. 그래서 코타로는 오히려 고로스케가 고마웠다. 이 페이스라면 숙제는 금방 끝날 것 같았다.

"으냥~."

긁적긁적.

하지만 역시 고양이는 고양이. 고로스케는 코타로가 원하는 대로 움직여 주지 않았다. 고로스케는 어느새 커튼을 뚫고 들어와서 책상다리로 앉아 있는 코타로의 무릎을 긁어댔다.

"야옹~."

"이 녀석, 나 말고 저쪽에 있는 애들한테 놀아달라고 해."

"애옹~."

데굴, 데굴데굴.

고로스케는 코타로 앞에 자그마한 무언가를 가져왔다. 고로스케가 코타로의 말을 이해하는지는 알 수 없다. 하지만 설령 이해한다 하더라도 똑같이 행동했을지도 모른다. 고로스케는 자기가 내키는 대로 움직이는 녀석이니까. 아니나 다를까, 이번에도 고로스케는 자기가 가져 온 무언가를 코타로의 손에 밀어붙였다.

"이걸로 놀고 싶다면 굳이 내가 아니어도 될 텐데……."

"……."

고로스케는 눈을 동그랗게 뜨고 코타로를 올려다보았다. 그 눈동자에는 기대감으로 충만한 강한 빛이 깃들어 있었다. 사나에나 티아가 자주 보여주는 것과 같은 눈빛이었다. 그리고 사나에만큼은 아니지만 코타로도 동물의 마음을 읽을 수 있었다.

—난 알아. 너도 이걸 좋아하잖아? 같이 놀아줄게!

고로스케의 눈빛에 담긴 뜻을 헤아린 코타로는 살짝 쓴웃음을 지으며 고로스케가 가져온 물건을 주웠다.

"……아예 틀린 말은 아니라서 곤란하군……."

"야옹—!"

코타로가 주운 물건은 야구공이었다. 그것을 본 고로스케는 잽싸게 자세를 잡았다. 몸집이 작긴 해도, 사냥감을 노리는 고양이의 모습 그 자체였다.

"자."

"냐앙!"

샤샤샤샥.

코타로가 공을 던지자 고로스케는 경쾌하게 몸의 방향을 돌리고 자신도 몸을 날리는 듯한 기세로 공을 쫓아갔다.

『귀—여—워—어—!』

그러자 다시 소녀들의 발랄한 비명이 터져 나왔다. 소녀들은 벽에 뚫린 구멍 근처에서 코타로와 고로스케가 노는 모습을 구경하고 있었다.

—이거야 원, 당분간 숙제는 못하겠군…….

오늘 숙제는 코타로가 젬병인 물리. 문제를 풀려면 높은 집중력이 필요하다. 하지만 고로스케와 소녀들은 그것을 허락하지 않았다. 그래서 코타로는 펜을 내려놓고 본격적으로 고로스케와 놀아주기로 했다.

"좋아, 고로스케. 넌 명색이 마법소녀가 키우는 고양이이니까, 우선은 체력이 필요해!"

"우애옹~!"

코타로가 공을 던질 때마다 고로스케는 기쁜 듯이 공을 쫓아갔다. 그것은 원래 개가 할 법한 행동이지만, 개의 경우에는 완전히 놀이로 생각하는 반면에 고로스케의 경우는 놀이와 사냥의 구분이 모호했다. 고로스케는 마치 쥐를 쫓는 것처럼 계속 공을 쫓아다녔다.

"다음은 커브다."

"냐아~ 애오오오옹!"

고로스케가 코타로와 놀고 싶어 하는 이유는 가끔씩 섞이는 이 변화구 때문이었다. 물론 이 단칸방에서는 공이 날아가는 거리가 짧기 때문에 날아가는 동안에 일어나는 변화는 적다. 하지만 변화구를 던질 때 걸리는 강한 회전 덕분에 다다미에 닿는 순간 공이 튀어 오르는 방향과 기세가 크게 달라진다. 그것이 고로스케에게는 진짜 생물처럼 느껴졌기 때문에 그토록 코타로와 함께 놀고 싶어 하는 것이었다.

"좋겠다, 사토미 군. 나도 변화구를 배워 볼까……."

"괴수 아저씨가 있는 한 공을 안 가져오지 않을까?"

『하하하, 타고난 제왕이라서 미안하구나♪』

"클란, 녹화할 정도로 좋아한다면 함께 놀고 오면 되지 않느냐."

"쓰, 쓸데없는 참견이군요!"

"고양이와 노는 코타로 님과 클란 전하…… 이건 대박 나겠는데요! 꼭 부탁드려요, 클란 전하!"

"봐라, 국민도 이렇게 말하고 있잖느냐."

"아직 무섭단 말이어요!"

코타로와 소녀들은 그 후 한동안 고로스케와 즐겁게 놀았다. 도중에 코타로가 소녀들 사이에 공을 던지기도 하고, 고로스케가 클란의 몸을 기어오르기도 하는 등 다양한 일이 있었지만, 대체로 즐거운 시간이었다고 할 수 있으리라. 거기에 파문이 생긴 것은, 이제까지 모습이 보이지 않았던 인물이 귀가했을 때였다.

유리카가 집에 돌아왔을 때는 시곗바늘이 밤 열 시를 가리키고 있었다. 올해부터 아르바이트를 시작한 유리카는 이렇게 늦게 귀가하는 경우가 드물지 않았다. 하지만 오늘 유리카의 모습은 심상치 않았다.

"흐에엥~ 사토미 씨~~이!!"

"무슨 일이야?!"

방으로 뛰어 들어온 유리카는 울고 있었다. 그냥 우는 것도 아니고 두 눈에서 눈물을 펑펑 쏟으면서 통곡하고 있었다. 그 모습에 놀란 고로스케는 마키에게 달려가서 등 뒤로 몸을 숨겼다. 물론 놀란 것은 코타로도 마찬가지였고, 대답하는 그의 목소리는 바짝 긴장되어 있었다.

"들어 보세요오. 아르바이트하던 곳이 또 망해버렸어요오!"

"뭐라고—?!"

지금까지 유리카는 아르바이트 직장을 여러 차례 바꾸었다. 유리카의 아르바이트 직장은 왠지는 몰라도 하나같이 망해버리고 말았다. 이번 아르바이트 직장도 그 운명을 피하지 못했다. 그렇게 유리카는 또다시 급료를 못 받게 되었다.

"너 또 이상한 회사에 들어간 거 아냐?!"

"그렇지 않아요오. 상점가에 있던 수입 잡화 가게라구요오!"

야쿠자 사무실, 적대 기업의 공장, 두 번의 큰 실패를 반복했기 때문에 제아무리 유리카라도 학습이 되어 있었다.

『업무에 비해 급료가 과도하게 높으면 이상한 직장이다.』

『지하에 비밀의 방이 있는 곳은 이상한 직장이다』

연이은 불행을 통해서 교훈을 얻은 유리카는 상점가로 눈을 돌렸다. 상점가의 가게들은 큰 범죄를 일으키기에는 규모가 작았다. 급료도 그럭저럭 적당하고 부자연스러움도 느껴지지 않았다. 여기라면 괜찮겠다— 그렇게 생각한 유리카가 자신 있게 선택한 가게는 수입 잡화점. 그러나 그 자신감은 사흘째 되던 날에 허무하게 무너졌다.

"그래서 이번에는 또 무슨 사고를 친 건데?!"

"또라뇨오! 저는 이제까지 아무 잘못도 하지 않았다구요오!"

"아, 그렇지. 미안해. 하여간 이번에는 무슨 일이 있었는데?"

"금 밀수예요오. 수입 잡화 사이에 숨겨서 금을 밀수하고 있었어요오!"

"금, 밀수……?"

코타로에게는 생소한 말이었다. 금을 싸게 파는 나라에서 사서 일본에 가져와서 파는 건가— 코타로는 그렇게 상상했지만 그렇게 하면 수수료가 아까울 것 같았다. 코타로가 난처한 표정으로 키리하 쪽을 보자 그녀는 살짝 미소를 지으며 설명을 시작했다.

"귀금속을 일본에 반입할 때, 고가의 물품이라면 소비세를 낼 필요가 있어."

"소비세가 없는 나라에서 사면, 일본에 반입할 때 세금이 붙는다는 거야?"

"그렇지. 그리고 금 밀수는 그 구조를 이용한 범죄다."

"……응? 무슨 뜻이야?"

"금을 밀수하면 소비세를 내지 않지. 그리고 밀수한 금을 정식 절차에 따라 판매하고 소득으로 신고하면 소비세를 환급받을 수 있어."

"어…… 그러니까 밀수해서 팔면 소비세만큼 돈을 받을 수 있다는 거야?!"

"그래. 그렇게 금을 유통하는 것만으로도 소비세를 챙길 수 있기 때문에 많은 사람들이 쉽게 시작하게 되는 거다."

"그런 범죄도 있구나……."

코타로는 자기도 모르게 웃었다. 코타로에게 있어 범죄란 사람이 사람을 해치거나 물건을 빼앗는 것이다. 이처럼 제도를 악용하는 범죄도 있다는 것을 처음으로 알게 된 코타로였다.

"하지만 금 판매량만 급격하게 증가하는 것이니, 아무래도 눈에 띌 수밖에 없지. 개인이 하면 들키기 쉬워. 이번 유리카의 아르바이트 직장도 아마 그랬을 거다."

밀수 자체도 어려운 일인데, 눈에 띄지 않게 금 판매까지 해야 한다. 그래서 개인이 안정적이고 장기적으로 할 수 있는 범죄가 아니라 조직적으로 이루어지는 범죄라고 할 수 있다. 그리고 유리카의 아르바이트 직장은 그렇지 않았다, 라고 할 수 있으리라.

"경찰들도 차암, 정말 너무하다니까요오!"

"뭐, 조직범죄의 가능성이 있으니까 엄격하게 추궁하는 거겠지.”

코타로도 유리카가 우는 있는 이유를 알게 되었다. 그녀는 범죄 조직의 일원으로 의심받는 게 슬펐던 것이다.

“경찰들은 말이죠오, 저를 조금도 의심하지 않았다구요오!!”

“……엥?”

그런데 유리카가 우는 이유는 코타로의 상상을 훌쩍 뛰어넘는 것이었다. 당황해서 멍하니 입을 벌린 코타로를 보며 유리카는 흥분한 기색으로 사정을 설명했다.

『돈가스 덮밥이 정말 맛있어요오! 감사합니다아!』

『선배, 어떻게 생각하세요?』

『……아무리 그래도 이 아이에게 중요한 일을 맡기지는 않았겠지……. 어딜 보나…….』

『그렇죠? 제가 보기에도 평범한 알바생 같아요. 일을 시작한 지 이제 사흘째인 것 같고요.』

『좋아, 아가씨. 밥 다 먹으면 가도 돼. 오래 붙잡아서 미안해. 이것도 일이라서 말이지.』

『조금만 더, 조금만 더 의심해 주세요오!! 제발 부탁드려요오!!』

유리카가 우는 이유는 경찰이 그녀를 전혀 의심하지 않았기 때문이었다. 취조 과정에서 훌륭한 인격을 인정받고 혐의를 벗은 거라면 불만의 여지가 없다. 하지만 중요한 일을 맡길 만한 사람이 아니라는 이유로 의심받지 않는 것은 납득할 수 없었다. 왜냐하면 무능하다는 말을 듣는 것과 다름 없기 때문이다. 유리카에게도 어느 정도 자존심이 있었다. 어느 정도는.

—그래도 뭐, 별일이 아니라서 다행이야, 정말…….

이야기를 들은 코타로는 안도했다. 이때 유리카는 주먹으로 밥상을 수차례 두드리며 통곡하고 있었다. 그래도 무언가 큰일이 터진 것은 아니었고, 그녀에게도 잘못이 없었다. 정말 단순히 불행이 닥쳤을 뿐, 그녀는 무사히 집에 돌아왔다. 그래서 코타로는 안도감을 느끼는 동시에 어떻게든 도와주고 싶은 마음이 들었다.

"야, 유리카."

"저는 무능하지 않아요오!! 노력하면 나쁜 일도 잘 할 수 있— 앗, 네에?"

코타로가 부르자 유리카의 얼굴이 천천히 코타로 쪽을 돌아보았다. 유리카의 두 눈에서는 지금도 폭포수처럼 눈물이 흐르고 있었다. 그 얼굴을 보고 있으니 코타로는 역시 가슴속이 어수선한 느낌에 사로잡혔다. 그리고 유리카가 이런 표정을 짓는 것은 싫다고 다시금 생각했다.

"이제 아르바이트는 그만해."

"안 돼요오. 만화책을 살 돈이 필요한걸요오."

"돈이라면 내가 어떻게든 해줄게."

"엣?! 정말로요오! 그만할게요, 그만할게요오!"

코타로가 떠올린 생각은 유리카에게 자금을 지원하는 것이었다. 다행히 코타로에게는 티아에게 받는 봉급이 있어서 유리카를 도와주는 것 정도는 문제없었다. 물론 유리카가 성인이 되면 자립을 유도하기 위해 지원을 중단할 생각이지만, 학생인 동안에는 지원해주며 학업에 전념하게 하는 것도 나쁘지 않을 것 같았다. 그리고 코타로는 절대 입 밖에 내지 않겠지만, 이렇게 도와주면 유리카가 아르바이트 문제로 슬퍼하는 모습을 보지 않아도 된다. 이번 일에 관해서는 유리카는 정말 아무런 잘못이 없다. 코타로로서는 그런 얼굴을 다시 보는 것보다는 자금을 지원해주는 편이 훨씬 마음이 편했다.

"대신이라고 하긴 그렇고, 원래 아르바이트에 쓰던 시간을 공부에 투자해줘."

덧붙이자면, 코타로는 유리카가 아르바이트를 하느라 공부할 시간이 줄어드는 것도 적잖이 걱정되었다. 그러니 자금을 지원해주면 그 걱정이 해소될 것 같았다.

"네에에엣?! 기껏 만화책을 사도 못 읽게 되는 거 아닌가요오?!"

"바보야, 그건 아르바이트를 해도 그렇잖아."

"너무해애. 심술부리지 마세요오, 사토미 씨이!"

자신에게 공부를 시키려 한다는 것을 알게 된 유리카는 울면서 코타로에게 매달렸다.

"몰라, 몰라."

하지만 그 눈물은 아까와는 다르게 코타로의 마음을 조금도 움직이지 못했다. 코타로는 그것이 유리카의 거짓 울음이라는 사실을 알았고, 아르바이트 대신에 공부를 시키는 게 옳은 일이라는 것도 알고 있었기 때문이었다.

"사토미 씨이, 잠깐만이라도 되니까아, 만화책이나 애니메이션을 볼 시간을 주시면 안 될까요오?"

"굳이 그렇게 안 해도 여유 시간이 남잖아."

"어? 어째서요오?"

"아르바이트 직장으로 출퇴근할 필요가 없어지니까 그 시간만큼 놀 수 있잖아. 한 시간쯤 여유가 생기는 거 아냐?"

"옷 갈아입고오…… 머리 손질하고오…… 출근하며언…… 아아, 듣고 보니 확실히 그런 것 같아요오! 한 시간 정도 이득이네요오!"

그리고 코타로와 얘기하는 동안에 유리카의 거짓 울음도 잦아들었다. 코타로는 딱히 나쁜 의도로 꺼낸 말이 아니었기 때문에, 차분하게 생각해본 유리카는 자신이 득을 보는 이야기임을 이해할 수 있었다.

"그리고 네 용돈 액수는…… 공부는 네 인생에 도움 되는 일이니까, 알바비의 절반 정도인 시급 400엔부터 시작하자."

"조금만 더 주세요오! 사토미 씨는 통 큰 사람이잖아요오!"

"한 시간 공부해서 만화책 한 권을 살 수 있는 건데, 상당히 좋은 조건 아냐?"

"으음…… 듣고 보니까아, 그런 것 같기도 하네요오. 알겠습니다아, 열심히 공부할게요오."

"그리고 성적이 오르면 용돈도 늘어납니다."

"아싸~! 그럼 성적이 떨어지면 어떻게 되는 건가요오?"

"당연히 줄어듭니다."

"으에에에에에에! 그건 너무하지 않나요오!"

"알바랑 똑같다고 생각해. 처음부터 그런 얘기였잖아?"

"으~ 사토미 씨는 이상한 부분에서 고지식하다니까아~."

그리고 근무 조건이 결정될 즈음, 유리카는 평소와 같은 미소를 되찾았다. 코타로는 말로는 절대 표현하지 않았지만, 유리카가 미소를 되찾았다는 사실에 안도했다. 그런 코타로의 얼굴을 보고 있던 시즈카가 빙그레 웃었다.

"우후후후후~ 사토미 군이 드디어 색시를 한 명 얻었구나~. 요놈, 요놈요놈~. 이제 슬슬 포기하라니까~."

시즈카는 웃으면서 팔꿈치로 코타로를 쿡쿡 찔렀다. 그녀의 표정은 정말 즐거워 보였다. 기다리던 일이 드디어 시작되었다— 그런 표정이었다.

"그런 얘기가 아닌데요, 카사기 씨."

"그런 얘기 맞아. 무제한으로 방에 살게 해주면서 부양하겠다는 얘기잖아?"

진정한 왕권의 검을 출현시키기 위해서 시즈카를 비롯한

아홉 명의 소녀들은 목숨과 영혼을 걸었다. 그녀들이 무사한 것은 단지 운이 좋게 그런 결과가 나온 덕분이며, 아홉 명의 소녀들이 코타로를 위해서 해준 일은 결코 쉬운 일이 아니었다. 그녀들은 연인이나 결혼을 약속한 상대일지라도 쉽게 할 수 없는 일을 해냈다. 코타로는 그런 사실을 모르는 남자가 아니기 때문에 더 이상 소녀들을 거부할 수 없을 터다. 그러니 마음이 정리된 단계에서 한 명씩 차례차례 받아들이는 수밖에 없을 것이다— 시즈카는 그렇게 생각했다. 그리고 그 첫 타자로 유리카가 뽑힌 것 같았다. 시즈카의 웃음에는 그러한 속뜻이 있었다.

"아, 아니거든요! 알바 직장이 범죄에 연루됐을 뿐이지, 이 녀석이 잘못한 게 아니잖습니까! 그걸 알면서 모르는 척하는 건 너무하지 않나요!"

"흐응, 그런 식으로 타협했단 말이지. 우후후후~."

"제가아, 사토미 씨의 색시가 된 건가요오?! 신혼여행도 가나요오?!"

"까·불·지·마—!"

딱콩!

"제, 제셩해여어……."

물론 코타로는 그런 것을 인정할 수 없었다. 코타로의 인생관은 지극히 진지하다. 연인은 한 명. 그리고 아내도 한 명. 한 사람을 확실하게 선택하는 것. 그것이야말로 올바른

남자의 삶이라고 믿었다. 사실 코타로도 그게 엄격한 방침이라는 걸 어렴풋이 알고 있긴 했지만, 한번 내건 깃발을 쉽게 내릴 수는 없었다. 코타로는 무척 서투른 사람이었다.

"안심해라, 사토미 코타로."

곁에서 대화를 듣고 있던 키리하가 눈을 가늘게 뜨며 미소 지었다. 무척 따스한, 마치 포용하는 미소였다.

"응?"

"나는 내연녀라도 상관없다. 사랑하고 있고, 사랑받고 있다는 것을 충분히 알고 있으니까. 지상의 법률이 정한 배우자 제도 같은 건 알 바가 아니지."

그러나 키리하 입에서 튀어나온 말은 표정과 정반대로 대단히 위험한 내용이었다. 그리고 말이 불씨가 되어 단칸방 소녀들에게 불이 붙었다.

『아~ 그러면 난 빙의령 정도로 만족할까…….』

"사나에, 적어도 집안일 정도는 도와줘……."

"전…… 사토미 군의 반려동물 돌보미를……."

"애옹~!"

"저는, 티아 전하의 선택을 따르겠습니다."

"허나 소녀가 코타로가 아닌 다른 남자를 고르려고 하면 무조건 말리겠지?"

"물론이고말고요."

"……시원하다는 표정으로 단호하게 말하는군요, 파르돔

시하.”

“사쿠라바 선배는 어떻게 하실 거예요?”

“저는…… 그저 사토미 군을 믿고 따라가려고 해요.”

“어른이네요, 사쿠라바 선배는.”

“그럼 카사기 양은요?”

“저는 뭐랄까…… 조용한 곳에 집을 짓고, 가족이 되어 즐겁게 지낼 수 있으면…….”

“알 것 같아요. 그런 것도 동경하게 되죠.”

소녀들은 흥분한 모습으로 서로의 미래 설계를 떠들어댔다. 그녀들은 아직 10대 소녀들. 미래 설계에는 많은 꿈과 희망이 담겨 있었으며, 같은 것은 하나도 없었다. 하지만 그녀들의 미래 설계 속에는 굳이 언급하지 않는 한 가지 공통점이 포함되어 있었다. 바로 그녀들이 그리는 미래에는 다른 여덟 소녀들의 모습이 함께 있다는 점이었다. 그녀들은 이마에 같은 문양이 새겨진 다른 소녀들을 떼어놓을 생각이 추호도 없었다. 코타로와 마찬가지로 그것이 어떠한 의미인지 누구보다도 잘 알고 있기 때문이었다.

“……후후. 코우 오빠, 큰일 났네. 코우 오빠가 아홉 명 중에서 한 명을 고르기도 전에, 모두가 손을 잡고 동시에 중심으로 뛰어들다니. 오빠가 과연 이 상황에서 여덟 명을 밀어낼 수 있을까…….”

“워낙 정이 많으신 분이니까, 어렵지 않을까요……. 그리고 저분들은 서로 맞잡은 손을 놓을 것 같지도 않구요……."

코토리와 나르파는 서로 마주 보고 웃었다. 뭘 어떻게 해야 이렇게 되는 건지 궁금한 수준으로 인간관계가 복잡해서, 도저히 거기에서 한 명을 골라 떼어낼 수 있는 상태가 아니었다. 그러나 코타로는 그것에 도전하려 하고 있다. 그것은 흡사 풍차에 맞서는 돈키호테와도 같다. 하지만 인간으로서는 옳은 선택이기에, 코타로에게 미안하긴 했지만 코토리와 나르파는 웃을 수밖에 없었다.

루스가 장을 보고 오겠다는 말을 꺼냈을 때, 코타로는 재빨리 동행을 제안했다. 열두 명 몫의 저녁 식사 재료를 사면 짐이 많을 테니 짐꾼이 필요하다는 이유에서였다. 하지만 그것은 명분일 뿐이고, 진짜 이유는 바로 직전의 화제가 코타로에게 불리했기 때문이었다. 즉 코타로는 루스의 짐을 들어주겠다는 핑계로 단칸방에서 도망친 것이었다.

"……13시부터 초당파 의원단과 면담. 의료기술에 관한 특례 조치의 확대를 요구하기 위해서입니다. 이어서 14시부터 포르트제 측 기자단과의 회견. 이건 관례적인 활동 보고예요. 15시에는 일본과 지구의 문화를 포르트제에 수출하는 것에 대한 회의. 끝나는 대로 이동해서 16시 30분에는 건설

중인 우주항 시찰입니다."

루스도 이렇게 단둘만 있게 돼서 좋았다. 코타로는 공식 석상에서 티아와 클란의 호위에 참여하기 때문에, 방해가 없는 타이밍에 꼼꼼하게 일정을 파악해 둘 필요가 있었다. 내일 스케줄로 말하자면 우주항 시찰이 그에 해당한다. 탁 트인 장소에 몸을 노출해야 하는 만큼 평소보다 더욱 철저한 경계가 필요했다.

"티아와 클란은 내일도 많이 바쁘겠군요."

티아와 클란은 기본적으로 킷쇼하루카제 고등학교에 다니고 있지만 종종 공무 수행으로 쉴 때가 있다. 그런 날에는 많은 일을 처리해야 하기 때문에 이만저만 고생이 아니라고 했다. 티아와 클란은 가능한 한 평범하게 고등학교 생활을 하고 싶었기 때문에 부득이한 노릇이긴 하지만.

"네, 그렇죠. 그래서 각하의 책임이 막중하답니다."

"걱정 마세요, 루스 씨. 두 사람의 안전은 제가 꼭 지켜줄 테니까요."

비록 빌린 것이긴 해도 다양한 힘을 다루는 코타로는 두 명을 호위하기에 적합한 인물이다. 가끔 들어오는 호위 임무는 코타로의 스케줄에 부담을 주곤 했지만, 두 사람을 지키기 위한 것이므로 불만은 없었다.

"안전도 안전이지만, 두 분의 마음을 지켜주셨으면 좋겠는데요."

"그건…… 선처해 보겠습니다."

"네, 꼭 부탁드릴게요. 후후후."

루스는 어느 때건 두 황녀를 챙겼다. 물론 어릴 적부터 소꿉친구로 지내온 만큼 티아에 대한 마음은 각별했다. 그러다 보니 루스 자신의 일은 뒷전으로 밀리기 일쑤였다.

―하지만, 내가 지켜줘야 하는 사람에는 루스 씨도 들어 있어…….

루스는 항상 코타로에게 티아와 클란을 지켜달라고 부탁한다. 루스가 생각하는 이상적인 남성은 두 사람을 몸과 마음으로 지켜줄 수 있는 사람이다. 그러나 루스가 위험에 처하면 두 사람은 슬퍼할 것이다. 즉 티아와 클란의 마음을 지키기 위해서는 반드시 루스도 무사해야 했다. 소꿉친구인 만큼 티아는 특히 그러할 것이다.

―티아와 클란만을 위해서가 아니라…….

그리고 좀처럼 솔직하게 말하기는 힘들었지만, 이는 코타로에게도 적용되는 얘기였다. 지금 코타로에게 있어 루스의 존재는 결코 작지 않았다. 이마에 새겨진 문양의 의미는 중대했다. 물론 문양이 없어도 상황은 크게 달라지지 않는다. 문양이 있기 때문에 소중한 것이 아니라, 서로가 서로를 소중하게 생각하기 때문에 문양이 새겨진 것이니까. 그러니 루스가 곁에서 사라지는 것은 코타로에게 청천벽력 같은 일이리라.

"어라?"

코타로는 그런 생각의 흐름을 따라서 자연스럽게 루스를 머리부터 발끝까지 바라보았는데, 그 덕분에 어떤 점을 깨달았다.

"루스 씨, 옷 스타일이 평소랑 좀 다른 것 같네요?"

바로 루스의 사복에 변화가 있다는 점이었다. 평소에 루스는 티아의 지위를 고려해서 차분한 스타일의 옷을 입는다. 호위병이 황녀보다 눈에 띄는 건 말이 안 되므로 당연한 선택이라고 할 수 있다.

"아시겠어요?"

"네, 평소보다 훨씬 더 귀여운 느낌이라서……."

그런다 이때 루스의 옷차림은 평소와 사뭇 달랐다. 계절은 이미 여름의 기운이 느껴지는 시기라서 전체적으로 기장이 짧았다. 그리고 흰색과 연한 파란색 등 평소보다는 살짝 화려하긴 해도 과하지는 않은, 루스다움이 느껴지는 배색. 덧붙여서 실용성 면에서는 조금 손해를 보는, 오직 외형만을 중시한 디자인. 지나치게 화려하지 않으면서도 여성스러움이 느껴지는 귀여운 옷차림— 이것이 코타로가 느낀 인상이었다.

"……잘 어울려요."

"저, 정말인가요?"

코타로가 유심히 바라보자 루스는 살짝 얼굴을 붉혔다.

그것은 알아봐 줘서 기쁜 마음이 3분의 1, 자기 몸을 똑바로 쳐다봐서 부끄러운 마음이 3분의 1, 칭찬을 받아서 쑥스러운 마음이 3분의 1이다. 솔직히 기뻐서 춤을 추고 싶은 기분이었지만, 어느 때든 진중한 루스답게 강한 의지력으로 감정을 억눌렀다.

"네…… 생각해 보니 평소에 루스 씨가 입는 사복은 사실상 근무복이니까, 진짜 사복은 처음 보는 것 같은데…… 그래서 신선하게 느껴지네요."

"각하……."

"과연, 루스 씨 취향은 이런 거였구나……."

루스의 사복은 직무상 티아 옆에 있다는 전제하에 고른 옷이다. 하지만 이 옷은 분명히 그렇지 않았다. 이것은 루스가 온전히 자신만을 위해서 선택한 옷이었다. 코타로와 루스는 이미 2년 이상 알고 지냈지만, 코타로가 진정한 의미에서 루스의 사복을 본 것은 이번이 처음이다. 코타로에게는 대단히 인상적인 순간이었다.

"……일단은 그…… 파란색 계열로 하고 싶었거든요……."

"왜요?"

"……각하의 색상이랑…… 맞추고 싶어서……."

지금의 루스에게는 티아, 클란의 가신이라는 것만큼이나 중요한 게 있었다. 바로 그녀가 코타로 기사단의 부단장이라는 사실이다. 그래서 사복에는 그 심볼 컬러인 파란색을 채

용하고 싶었다.

그와 동시에 이 옷은 얼마 전 꾼 꿈속에서 그녀가 입었던 옷이기도 했다. 그 꿈속의 루스는 코타로와 적극적으로 관계를 맺으려고 했다. 그래서 그런 적극성을 닮고 싶다는 소원의 의미도 있었다.

"그, 그런 이유가 있었군요……."

이번에는 코타로가 쑥스러워할 차례였다. 코타로를 위해서 고른 색이라고 하니 기쁘기도 하고 쑥스럽기도 해서 어떤 반응을 보여야 할지 난처했다. 두 사람은 서로 어색해하면서 우두커니 멈춰 섰다. 그렇게 한동안 침묵의 시간이 이어졌다.

"……아, 맞다. 얼른 저녁 반찬거리 사러 가야죠!"

"그랬죠, 참. 그, 그럼 갈까요?"

서로 이 상태로 계속 마주 보는 것은 거북하다. 이 민망한 상황에서 벗어날 가장 간편한 방법은 상점가로 가는 것이었다. 그러면 적어도 마주 보고 멍하니 서 있는 상황에서는 벗어날 수 있으니까. 실제로 두 사람은 그렇게 해서 안도하고 있었다.

"아참, 각하. 조금 전에 하던 얘기를 계속……."

그리고 루스는 이때다 싶어서 조금 전까지 하던 업무 대화로 돌아가려고 했다. 아직 얘기할 내용이 많이 남아 있었기 때문이다.

“스톱.”

“왜 그러세요?”

“그 얘기는 나중에 계속하죠.”

코타로는 루스의 얼굴을 보지 않고 정면을 바라보며 말했다. 하지만 그렇게 말하는 코타로의 얼굴은 조금 전과 마찬가지로 쑥스러워하는 것처럼 보였다.

“각하……? ……아…….”

루스는 순간적으로 당황했다. 하지만 코타로의 태도를 보고 그 이유를 금방 알아차렸다. 그 순간 루스는 울음이 터질 것 같았다. 하지만 루스는 그 감정을 꾹 참았다. 그렇게 하지 않으면 모처럼 찾아온 기회를 날려버릴 것 같았기 때문이다.

“……아까 키리하 님은 내연녀라도 괜찮다고 하셨는데…… 저는 지금처럼 기사단 부단장이어도 괜찮아요…….”

그리고 루스는 코타로의 팔에 자신의 팔을 감고 살며시 몸을 밀착했다. 두 사람은 그대로 걷기 시작했다. 두 사람이 걷는 속도는 아까보다 훨씬 느렸다. 그 대신 두 사람의 심장이 뛰는 속도는 훨씬 빨라졌다.

“하지만 이건 뭐랄까, 단장과 부단장이 할 일이 아닌 것 같은데요. 공사 혼동이라고 해야 하나…….”

“그럼 공과 사를 혼동해도 괜찮은 부단장이 되고 싶다, 그렇게 생각해 주세요.”

두 사람은 서로 밀착한 채, 여름을 앞둔 따사로운 햇살 속을 천천히 걸었다. 붙어 있는 탓에 조금 덥긴 했지만, 지금 두 사람에게 그런 것은 신경 쓰이지 않았다. 더욱 신경 쓰이는 대상이 바로 옆에 있었으니까.

"꽤 욕심이 많네요, 루스 씨. 키리하 씨에게 뒤지지 않을 정도로요."

"알고 있어요. 하지만 예로부터 여자아이란 존재는 원래 그런 법이었는걸요."

"그럼 공에 사가 뒤섞인 공사 혼동은 있고, 사에 공이 뒤섞인 공사 혼동은 없다?"

"예전에는 둘 다 있었는데, 방금 전에 후자가 없어졌어요."

"실수했네요……."

"저도 참 좋은 상사를 만났다니까요, 우후후후……."

그리고 상점가에 도착할 때까지 두 사람은 정답게 이야기를 나누었다.

예기치 못한 공격

5월 29일 (일)

루스가 우주인이라는 사실은 이미 상점가에도 알려져 있었다. 종종 티아와 함께 TV에 나오기도 했기 때문이다. 티아까지 포함해서 그 사실이 밝혀졌을 때는 상점가 전체가 뒤집어질 정도로 큰 소동이 일어났다.

"루스, 이것도 가져가렴. 덤이야."

"그래도 되나요?!"

"티아가 좋아하는 거잖아."

"감사합니다, 생선가게 사장님!"

하지만 상점가는 이미 몇 달 전의 평온함을 되찾았다. 역시 지난 2년간 쌓은 인연 덕이 컸다. 루스가 착실하고 마음

씨 고운 소녀라는 사실을 모르는 사람은 없었다. 언어의 장벽도 없었으며, 외국인 유학생이라는 점이 달라진 것도 아니다. 그래서 초기의 혼란을 극복한 단계에서 많은 사람들이 별일 아니라는 결론을 내렸다. 물론 쉽게 받아들이지 못하는 이들도 적지는 않았으나, 당황하는 것 이상의 반응을 보이지는 않았다. 그뿐 아니라 앞으로 새로운 고객이 되어 줄 포르트제인들을 냉대해서 무슨 이득이 있겠느냐는 계산적인 이유도 있었다.

"다행이네요, 루스 씨."

"네!"

그런 다소의 반발과 계산적인 사정을 차치하고서라도, 상점가 상인들의 태도가 예전과 달라지지 않았다는 사실이 루스는 기뻤다. 이 정도라면 일본과 포르트제의 앞날이 크게 기대되었다. 사적으로나 공적으로나 환영할 만한 일이었다.

"후후후…… 오늘은 방침을 바꿔서 피자를 만들어야겠어요."

"듣고 보니 그게 나을 것 같긴 하군요."

코타로는 루스의 말에 장바구니를 들여다보고 고개를 끄덕였다. 당초 루스는 저녁 메뉴로 중화풍 볶음 요리를 만들려고 했지만, 특가 행사나 덤으로 받은 식재료의 조합을 보고 다른 방향으로 수정하기로 했다. 여기에 베이컨만 추가하면 베이컨 피자와 시푸드 피자를 만들 수 있을 것 같았다.

"베이컨이랑 밀가루를 더 사야겠네요."

"반죽부터 만드는 거죠?"

"네. 기왕 만드는 김에 도우랑 소스도 직접 만들려고요."

"토마토는 충분할까요?"

"사실 『으스름달』 저장고에 전에 사둔 토마토가 있답니다."

"아하, 그걸 쓰는 것도 목적인 거군요."

"아하하, 잘 아시네요."

루스는 기분 좋게 상점가 가게를 돌아다녔다. 그때마다 코타로의 짐은 점점 늘어났다. 루스는 상점가에서 장을 보는 걸 좋아했다. 그런 건 대형마트에서 한 번에 끝내면 되지 않느냐는 의견도 있겠지만, 그녀에게 대형 마트는 포르트제에서 쇼핑하는 기분이다. 효율화를 추구하면 양쪽이 비슷해지는 건 당연한 수순이다. 그래서 그녀는 주인 얼굴을 볼 수 있는 상점가의 가게들이 더욱 지구다운 느낌이 들어서 좋아했다.

"……됐다, 다 샀네요."

편의점 규모의 비교적 큰 주류 전문점부터 구멍가게 정도로 작은 해외 식재료 가게까지 십여 곳을 돌아다녔다. 시간으로 환산하면 한 시간 반 남짓. 루스의 쇼핑 리스트에 실린 모든 항목에 구매 완료 체크가 찍혔다.

"그럼 이제 돌아갈까요?"

"……각하, 그 상태로 앞이 보이세요?"

"틈새로 겨우 보이네요."

루스가 한동안 즐겁게 쇼핑을 즐긴 결과, 코타로가 들고 있는 짐은 어마어마하게 부풀어 올랐다. 앞에서 보면 산더미 같은 짐 아래로 코타로의 다리가 자라난 것만 같은 상태였다. 다행히 사나에가 부여해준 영능력 덕분에 무게는 문제가 되지 않았다. 문제는 시야였는데, 짐의 미세한 틈을 통해서 앞을 엿보는 듯한 상태에 가까웠다. 이런 상태인데도 다른 사람과 부딪치지 않고 돌아다닐 수 있는 것은 역시 영능력 덕분이었다.

"각하, 짐을 일단 『으스름달』로 전송하죠."

"이 정도는 괜찮습니다."

"아뇨, 그러다 다칠 수도 있어요!"

코타로의 행동에 불안감은 없었지만, 그래도 루스는 위험하다고 단언했다. 코타로가 능숙하게 피하면서 걸을 수 있는 대상은 기본적으로 영력을 발산하는 생물뿐이다. 상점가에서는 그것만 알아도 괜찮지만, 한 발짝이라도 밖으로 벗어나면 노면의 단차, 전신주, 대형 차량 등 생물을 감지하는 것만으로는 피할 수 없는 것들이 많다. 루스는 충분히 위험하다고 생각했다.

"……그리고, 이래서는 제가 각하의 얼굴을 볼 수 없는걸요."

"루스 씨……."

"아, 아무튼, 인적이 드문 곳으로 이동하시죠!"

"아, 넵."

제일 간단한 해결책은 짐만 전송 게이트를 통해 우주선으로 보내는 것이었다. 그러기 위해서는 보는 눈이 없는 곳으로 이동할 필요가 있다. 포르트제의 기술을 인파 속에서 쓸 수는 없기 때문이다. 그런 사정으로 두 사람은 상점가 한가운데서 뒷골목으로 이동했다. 그곳은 상점가 점포의 뒤편으로, 뒷문과 배전반 등이 즐비했다. 이곳은 종종 물류 차량이 지나갈 뿐이고 유동 인구는 거의 없었다. 루스의 예상대로 우주선에 짐을 실어 보내기에 적합한 장소였다. 그리고 그곳은 두 사람을 몰래 지켜보던 인물의 기대에도 부응하는 장소였다.

처음에 그 인물에게 주어진 임무는 감시 임무였다. 임무 내용은 106호실 관계자를 감시하는 것이었고, 코타로 일행에게 들키지 않게끔 신중하게 진행되었다. 인파에 섞이거나 충분한 거리를 두는 식이었다. 하지만 코타로와 루스가 쇼핑을 나갔다고 보고한 직후에 임무가 변경되었다. 새로운 임무는 저격이었다.

"……보자, 거리는…… 4,192미터? 지구의 단위는 영 낯설군……."

갑작스러운 임무 변경이었지만, 그 인물은 원래 저격수였기 때문에 별로 당황하지는 않았다. 그 인물— 저격수는 어느 건물 옥상에 서서 대형 저격소총을 들고 있었다. 그것은 지구에서 만든 총기로, 고향인 포르트제에서 만든 총기와는 사용법이 다소 달랐다. 왜 굳이 그런 짓을 하는가 하면, 지구제 저격소총으로 사건을 일으키는 게 반달리온파 잔당들에게 더욱 유리하기 때문이다. 나르파를 죽이려고 했을 때와 같은 맥락으로, 지구와 포르트제의 여론에 쐐기를 박는 것도 목적 중 하나였다.

"……명문 파르돔시하 가문도 이것으로 끝인가……."

소총에 장착된 스코프. 그 중심에는 루스의 모습이 있었다. 지구에서 만든 총으로 노려야 할 최우선 표적은 포르트제인이다. 그 외에 루스를 노리는 이유는 두 가지가 있다. 하나는 많은 짐 때문에 코타로를 조준하기 어렵다는 점. 그리고 또 하나는 루스가 정보 분석과 관리 운용의 전문가라는 점이었다.

반달리온파 잔당들은 몇 달 전 포르트제의 내란을 분석한 결과, 어떤 흥미로운 결론을 도출했다. 그것은 마법이나 영능력 — 반달리온파 잔당들은 아직 그 실체를 모르지만 — 과 같은 초자연적인 힘을 제외하고 생각했을 때 가장 큰 위협은 청기사도 황녀도 아닌, 실제로 그들을 움직이던 루스라는 것이다.

코타로 일행이 무언가를 이루고자 할 때는 티아가 목표를

정하고, 키리하가 그 목표를 달성하기 위한 작전을 세운다. 클란은 대부분의 상황에서 양측을 보조할 때가 많다. 그렇게 결정된 작전을 현실적인 수단으로 실현시키는 것이 루스다. 필요한 병력, 무기, 날씨, 지형, 이동 수단 등 루스가 정리한 수단으로 청기사— 코타로를 포함한 전투 부대가 싸우게 된다. 그러므로 루스를 처치하면 의사 결정을 하는 자와 현장에서 싸우는 자의 연계를 끊을 수 있을 터였다. 청기사와 두 황녀라는 화려한 존재에 현혹되기 쉽지만, 루스야말로 황녀 일파의 중추신경이자 최대의 공격 목표라 할 수 있었다.

"……이 정도 거리라면 제아무리 청기사라도 눈치 못 채겠지……."

철컥, 철컥.

저격수는 소총을 조작하며 저격 준비를 했다. 저격수가 들고 있는 소총은 엄밀히 말하면 대물 저격소총으로 대단히 강력한 총기다. 사거리는 2~3킬로미터 정도. 거기에 포르트제의 기술로 개조돼서 실제 사거리가 추가로 대폭 향상되었다. 지구의 무기로는 상상도 못 할 거리에서 저격할 수 있기 때문에 저격 후에 적에게 추적당할 염려가 없다. 애초에 어디에서 쐈는지조차 알 수 없을 것이다. 물론 포르트제 정규군이 포위하고 있다면 저격이 발각될 가능성도 있지만, 지구의 시가지에 무턱대고 군대를 투입할 수는 없을 터다. 남은 문제는 코타로와 루스의 개인 장비와 능력이지만, 그래도 거리 덕분에 일반적인 저격과 비슷한 수준의 리스크에 그칠 것으로 보였다. 종합하자면 원래 사거리 내에서 눈에 불을 켜고 수색하는 추적 부대를 뒤로하고 저격수는 유유히 도망칠 수 있을 터였다.

"……현지의 총기를 이용한 저격……. 기발한 임무이지만, 끝까지 긴장을 늦추지 말고……."

저격수는 방아쇠에 손가락을 걸고 숨을 멈췄다. 이미 풍속과 풍향, 기온과 사거리 등을 고려해 조준을 수정했다. 소총의 총구는 루스의 머리 왼쪽 위를 겨냥하고 있지만, 4킬로미터를 날아간 탄환은 그녀의 이마에 명중할 터다. 그리고 소총의 방아쇠는 저격수가 숨을 멈추고 있는 이 몇 초 안에 당겨질 것이다.

'미안하지만 잘 가라, 파르돔시하의 영애…….'

방아쇠에 걸린 손가락에 힘이 들어간다. 그렇게 손가락이 움직이기 시작해서 방아쇠를 당기기까지의 시간. 그것이 이 저격수의 삶에서 시간이 가장 길게 느껴지는 순간이다. 그리고 그 순간에 이변이 일어났다.

투아앙—!

"아니?!"

격발 순간과 거의 동시에 스코프에서 루스의 모습이 사라졌다. 이 시점에서 저격은 실패였다. 대물 소총용 탄환은 초속 1천 미터에 육박하는 어마어마한 탄속을 자랑하지만, 4

킬로미터 떨어진 표적에 명중하기까지는 4초 이상의 시간이 걸린다. 깜짝 놀란 저격수는 급히 소총에서 손을 떼고 수중의 컴퓨터를 조작했다. 근처에 배치해둔 저격 보조용 관측 로봇이 상황을 기록하고 있었기 때문에 그 영상을 보기 위해서였다.

"헉?!"

영상을 확인한 저격수는 경악했다. 로봇이 기록한 4킬로미터 전방의 영상에는 서로 끌어안은 채 서 있는 청기사와 루스의 모습이 담겨 있었다. 청기사가 순간적으로 루스를 끌어당겨 저격을 피한 것이다. 그것만으로도 놀라운 일이었지만, 저격수를 놀라게 한 점은 그것만이 아니었다.

'청기사가 이쪽을 보고 있어!'

영상 속 청기사는 저격수를 똑바로 바라보고 있었다. 즉 청기사가 카메라가 있는 한 방향을 보고 있다는 뜻이었다.

퍼억!

그 직후, 코타로의 우측 지면에 작은 구멍이 생겼다. 발사 후 약 4초가 지나 탄환이 착탄한 것이다. 하지만 저격수에게는 그걸 확인할 여유가 없었다. 인지를 초월한 상황에서 비롯된 공포 때문에 그 자리에서 얼어붙고 말았다.

코타로가 저격을 감지한 것은 저격수가 숨을 멈춘 그 순간이었다. 저격수는 수많은 전장을 경험한 우수한 전사였기에 그만큼 살의가 뚜렷했다. 코타로의 눈에는 그 살의가 영력의 선이 되어 루스의 이마를 관통하는 것이 보였다. 4킬로미터 이상 떨어진 곳에서 날아온 살의였지만, 그럼에도 한눈에 알아볼 수 있는 강한 살의였다.

"루스 씨!"

코타로는 그 즉시 모든 짐을 내팽개치고 루스의 손을 잡았다. 그와 거의 동시에 살의의 선이 순간적으로 굵어졌다. 공격을 시도할 때 나타나는 특유의 징후였다.

"늦지 않길—!!"

그리고 루스의 손을 있는 힘껏 잡아당겼다. 코타로에게는 살의의 선이 보일 뿐이라서 이 시점에서는 적이 공격을 시도하려 한다는 것밖에 알 수 없었다. 가까운 곳에 있으면 아웃이므로 코타로는 초조했다. 살의의 선의 질을 보았을 때 적이 조준을 실수할 것 같지는 않았기 때문이다.

"가, 각하?!"

두 사람에게는 다행스럽게도 루스는 전혀 저항하지 않았다. 그녀는 코타로의 돌발 행동에 놀라긴 했지만 저항하지 않고 그의 손길에 몸을 맡겼다. 역시 루스답게 코타로가 하는 행동에 저항할 생각은 애초에 품고 있지도 않았다. 그렇게 그녀는 코타로의 품에 단단히 붙잡혔다.

"곧 공격당할 겁니다!"

"네엣?!"

놀라는 루스를 그대로 둔 채 코타로는 살의의 근원을 찾았다. 영력이 그리는 살의의 선은 공격 수단에 따라 다양하게 변한다. 검으로 벨 때는 호를 그리고, 드래곤의 화염 숨결은 원뿔형 영역으로 나타난다. 그리고 이번에는 거의 직선. 사출 무기 특유의 형태였다.

"저긴가?! 설마, 저렇게 먼 곳에서……!!"

살의의 근원은 4킬로미터 이상 떨어져 있는 건물 옥상이었다. 지구의 최장거리 저격 기록은 3킬로미터대이며, 그 이상의 장거리 저격은 상상도 할 수 없는 수준이다. 코타로에게 그런 쪽 지식은 없었지만, 지나치게 먼 거리였기 때문에 오히려 자연스럽게 범인임을 직감했다.

퍼억!

그 순간, 직전까지 루스가 서 있던 자리를 탄환이 통과하며 아스팔트 도로에 지름 수 센티미터의 구멍을 뚫었다. 저격소총용 탄환은 초속 1천 미터에 가까운 속도로 날아간다. 하지만 표적과의 거리가 워낙 먼 탓에 명중하기까지 약 4초가 걸렸다. 이 시간적 여유 덕분에 코타로와 루스는 위기를 모면한 셈이었다.

"저격수?!"

"루스 씨, 반달리온파예요!"

이 시점에서 코타로는 범인을 지구에 남아 있는 반달리온파 잔당이라고 생각했다. 탄환에서 영력이나 마력이 느껴지지 않으며, 믿을 수 없을 정도로 먼 거리로부터 저격. 이 조건을 충족하는 상대는 포르트제의 군사 조직 말고는 생각하기 어려웠다.

"이동합니다!"

"꺄앗?!"

코타로는 루스를 품에 안고 달리기 시작했다. 저격 대상이 되었다는 사실을 알았으니 엄폐물 뒤로 숨을 생각이었다. 대물 저격소총의 위력을 생각하면 그렇게 숨는 정도로는 안심할 수 없지만, 일단 저격수의 눈에 띄지 않는 위치로 피신하는 게 중요했다.

퍼억!

코타로가 달리기 시작한 직후에 다시 아스팔트에 큼지막한 구멍이 뚫렸다. 장소는 물론 코타로가 직전까지 서 있던 위치. 움직이지 않았다면 직격탄을 맞았을 것이다.

'위험했…… 아니, 달리기를 유도하고 있나?!'

코타로는 두 번째 저격에서 저격수의 의도를 파악했다. 저격당했다고 느꼈을 때, 코타로는 반사적으로 첫 번째 저격과 반대 방향으로 도망쳤다. 루스를 끌어당긴 방향과도 일치했기 때문에, 그 기세를 이용할 수 있는 합리적인 판단이었다. 그 앞쪽에는 몸을 숨길 수 있는 자판기나 간판 등이 있다. 두 번째 저격은 코타로가 처음에 서 있던 위치에 꽂혔다. 자연스럽게 달리는 기세 그대로 엄폐물 뒤로 뛰어들고 싶었지만, 만약에 두 번째 저격이 그 행동을 유도하기 위한 것이었다면— 그런 생각이 머릿속을 스쳐 지나갔다.

"검이여!"

코타로는 검을 부르는 동시에, 아주 잠시 발을 멈췄다.

퍼억!

그러자 코타로가 다시 달리기 시작한 것과 거의 같은 타이밍에, 코타로가 몸을 숨기려던 자판기 앞에 이제까지와 같은 크기의 구멍이 뚫렸다.

'역시 유도한 건가!'

탄환을 루스의 위치, 코타로의 위치에 연달아 쏘아서 엄폐물 방향으로 유도. 엄폐물 뒤로 숨기 전에 숨통을 끊는다. 초장거리 저격, 발사 후 착탄까지 몇 초의 딜레이가 있는 전투에서 이런 생각을 할 수 있느냐 없느냐는 저격수의 역량에 크게 좌우된다. 그리고 이번 상대는 그걸 할 수 있는 저격수. 즉 강력한 적이었다.

'그렇다면 다음은!'

코타로는 저격수의 다음 수를 예측했다. 그러자 그것을 증명하듯이 여러 개의 살의의 선이 주위에 쏟아졌다. 그 수는 네 개. 코타로에게 세 번째 저격을 간파당하고 연사로 도주로를 차단하는 전법으로 바꾼 것이다.

"부탁한다, 시그날틴! 사그라틴!"

사나에가 새겨준 영력 회로 덕분에 코타로의 신체 능력은 평범한 인간 수준을 훨씬 능가한다. 하지만 루스를 품에 안고 있는 탓에 갑옷의 파워 어시스트 기능 없이는 세밀하게 회피할 여유가 없었다. 그래서 코타로는 방금 소환한 두 자루의 검에 방어를 맡기기로 했다. 코타로를 보호하는 위치에 나타난 두 자루의 검은 그 즉시 명령에 따라 노란빛을 뿜어내며 두 사람을 보호하는 마법의 방패를 만들었다.

퍼억! 퍼억! 퍼억!

세 발은 지금까지와 마찬가지로 아스팔트에 구멍을 뚫었고—마지막 한 발은 불행하게도 코타로와 루스에게 명중했다.

키잉, 팡!

하지만 이 한 발은 검이 생성한 마법의 방패가 막아냈다. 탄도에 대해 비스듬한 각도로 배치되어 있던 마법의 방패는 소멸하는 대신에 탄환의 방향을 잘 바꿔주었다. 덕분에 탄환은 코타로의 뺨을 스쳤을 뿐이고, 코타로도 루스도 별다른 부상은 입지 않았다. 탄환을 막을 수 있었던 것은 마법 방패의 방어력보다는 탄환의 경로를 파악한 덕이 컸다. 만약에 그것을 모르고 방패를 적절한 각도로 배치하지 못했다면 두 사람은 위험했을 것이다.

"좋았어!"

그 직후 코타로는 엄폐물 뒤로 뛰어드는 데 성공했다. 마법 방패를 소멸시킨 것을 끝으로 저격은 중단되었다. 이는 단순히 대물 저격소총의 탄창이 빈 탓이었다. 대다수의 대물 저격소총은 뛰어난 사거리와 위력에 비해 장탄수가 적다는 단점이 있었다.

"각하, 저격수 쪽으로 무인기를 보내겠습니다!"

그리고 여기서부터 루스의 반격이 시작되었다. 그녀는 코타로의 품에 안긴 채 팔찌를 조작해서 적이 있는 건물 옥상으로 소형 무인 전투기를 보냈다. 코타로는 루스에게 저격수의 위치를 따로 알려주진 않았지만, 두 검이 등장한 단계에서 그녀는 그것을 저절로 알 수 있었다. 루스의 이마에 새겨진 문양이 검의 출현과 동시에 노랗게 빛나기 시작하며 코타로의 머릿속에 있는 정보를 그녀에게 전달한 것이었다.

"부탁합니다!"

루스의 무인기는 『으스름달』에서 전송 게이트를 통해 불러냈기 때문에 코타로가 대답했을 때는 이미 건물 옥상에서 적을 찾기 시작했다. 그리고 코타로와 루스는 그사이에도 쉬지 않고 이동했다. 적이 대물 저격소총을 쓴다면 엄폐물이 다소 방해되더라도 그걸 뚫고 표적을 사살할 수 있다. 또한 표적이 은·엄폐를 하며 도주할 경우의 대책까지 마련해뒀을 가능성도 있었다. 아직 긴장을 풀 수 있는 상황이 아니었다.

"……어, 저기…… 각하……."

"루스 씨, 조금 더 이동하겠습니다! 조금만 참아주세요!"

"아뇨, 힘들어서 그런 게 아니라요……."

루스는 어째서인지 뺨을 붉게 물들인 채 말끝을 흐렸다. 코타로가 자신을 품에 안은 채 달리는 게 부끄럽긴 했지만, 제일 큰 이유는 그게 아니었다.

"다쳤나요?"

"아…… 아니요, 나중에 얘기할게요…… 지금은……."

루스는 쑥스러운 듯 대답하면서 살짝 고개를 숙이고, 자신의 뺨을 코타로에게 대면서 그의 몸에 단단히 달라붙었다. 실은 문양이 알려준 것은 적의 위치만이 아니었다. 코타로가 루스를 소중히 여기는 마음. 절대 잃고 싶지 않다는 강한 마음을 있는 그대로 전해주고 있었다.

비단 저격만이 아니라, 지상전에서 초장거리 공격을 할 때는 『쏘았으면 즉시 이동하라』라는 철칙이 있다. 자신이 공격했다는 것은 적이 동일한 탄도로 반격할 수도 있다는 뜻이기 때문이다. 이는 지구만이 아니라 포르트제 군대에서도 철저하게 가르치는 내용이다. 특히 포르트제의 경우에는 지구보다 탐지 기술과 반격을 위한 수단을 많이 갖추고 있는 까닭에, 이번처럼 높은 곳에서 초장거리 저격을 하더라도 반격당하는 건 당연하다고 생각한다. 실제로 루스는 저격 지점을 파악하자마자 즉시 소형 무인 전투기를 투입했다. 미리 그러한 반격을 상정하고 탈출 계획을 세우는 것까지가 군사 저격 작전의 기본이었다.

"무사히 돌아와서 다행이군, 화스터. 너만큼 실력 좋은 저격수는 없으니까 말이야."

그리고 물론 적의 반격만이 아니라 실패하는 것도 상정해서 수립한 작전이었기 때문에, 라르그윈이 저격에 실패하고 돌아온 저격수에게 호통을 치는 일은 없었다. 만약 반달리온이었다면 격분하며 당장 책임을 물으려고 했을 것이다. 이런 면모에서도 지휘관으로서 성격 차이가 여실히 드러난다고 할 수 있으리라.

"……작전에 실패한 것은 제 책임입니다. 어떠한 처벌도 각오하고 있습니다."

무미건조한 목소리로 대답한 저격수는 작전 내내 쓰고 있던 복면을 벗었다. 그 복면 아래에서 나온 것은 놀랍게도 여성의 얼굴이었다. 그것도 상당히 젊은 여성이었다. 실제 나이는 알 수 없었으나, 소녀라고 해도 무방할 정도의 용모였다. 하지만 그녀의 표정은 말투만큼이나 건조했다. 그녀는 라르그윈이 어느 때든 냉정하다는 사실을 잘 알았다. 그는 웃는 낯으로 실패한 부하를 처분할 수 있는 남자이기에, 저격수—화스터는 그의 말을 액면 그대로 받아들이지 않았다.

“진정해라, 화스터. 애초에 실패하는 걸 예상하고서 너를 보낸 거니까.”

“네?”

이어지는 라르그윈의 말에 화스터는 깜짝 놀라며 눈을 부릅떴다. 그의 입에서 그런 말이 나오리라고는 예상하지 못했다. 라르그윈의 신중한 성격을 미루어 봤을 때, 반드시 성공할 것으로 예상했기 때문에 보냈다고 생각했다.

“그렇기 때문에 그 귀중한 영자력 차폐장치를 들려 보낸 거지.”

사실 화스터가 무사히 귀환할 수 있었던 것도 라르그윈이 준 영자력 차폐장치 덕분이었다.

화스터는 탄창에 장전된 일곱 발의 총탄을 다 쓴 시점에서 작전 계획을 따라 탈출을 개시했다. 그래서 루스의 무인기가 저격 지점인 건물 옥상에 도착했을 때, 화스터는 이미 옥상을 떠난 후였다. 이 저격 작전의 탈출 계획은 그녀가 얼마나 빨리 지상으로 내려가느냐에 달려 있었다. 포르트제의 무인기는 추적 능력이 뛰어나며, 특히 정보 수집과 관리에 능숙한 루스가 조종할 경우 실제 성능 이상으로 정확하게 대상을 추적한다. 하지만 무인기는 포르트제의 병기이므로 무턱대고 시가지에 투입할 수는 없다. 우주 시대라고 해도 타국 영토 내에서는 대규모 군사 작전을 펼칠 수 없기 때문에, 무인기를 저격 지점에 순간적인 반격으로 보낼 수는 있어도 그대로 추적에 투입할 수는 없는 것이다. 그래서 화스터가 지상에 내려온 단계에서 코타로와 루스는 더욱 작은 규모의 추적팀과 장비로 전환할 수밖에 없었다.

그리고 그게 바로 라르그윈 일당의 노림수였다. 전환하는 과정에서 시간 손해를 보게 되어 추적 정확도가 저하되었다. 그리고 영자력 차폐장치를 사용해서 화스터가 더욱 확실하게 탈출할 수 있도록 했다. 이리하여 그녀는 무사히 귀환했다. 그리고 만약 이 작전이 저격 성공을 전제로 했다면, 영자력 차폐장치를 사용해야 할 정도의 탈출 계획은 필요하지 않다. 그 경우에는 루스가 사망하여 초기 대응을 할 수 없으므로 그런 장치의 도움 없이도 충분히 탈출할 수 있었을 것이다.

"그럼 어째서 저격 명령을 내리셨습니까? 실패할 걸 알면서도……."

"상대는 청기사잖아? 우리가 평범한 방식으로 싸워서는 이길 수 없는 상대라는 건 반달리온 각하가 이미 증명했지. 이번에는 청기사의 데이터를 확보하는 게 주요 목표였고, 파르돔시하 계집은 겸사겸사 사살하면 좋고, 아니면 말고 정도였어."

"그런 거였군요……."

그제야 화스터도 라르그윈의 의도를 이해했다. 그는 저격에 대해 청기사가 어떻게 반응하고 대응하는지 알고 싶었다. 하지만 단순히 데이터 수집을 위해 청기사를 저격하는 것보다는 고가치 표적과 함께 있을 때 노리는 것이 효율적이다. 화스터는 처음에는 당황했지만, 자세한 설명을 듣고 나서 라르그윈다운 생각이라며 납득했다. 그리고 그녀는 비로소 자신이 처분당할 일은 없을 것 같다고 생각했다.

"아무리 그래도 설마 피할 줄은 몰랐다만……."

라르그윈은 지긋지긋하다는 듯이 표정을 구겼다. 그렇다. 그것만이 라르그윈의 예상을 뛰어넘는 부분이었다. 라르그윈은 코타로가 저격을 방어하는 것까지는 예상했다. 강력한 방어력과 입체 영상을 이용한 교란은 그간의 전투 경험을 통해서 확인했기 때문이다. 그런데 막상 뚜껑을 열어보니 코타로는 저격을『회피』했다. 초장거리 저격의 경우, 발사 시 총구의 화염을 알아채고 회피하는 것은 아주 불가능하진 않다. 이번에 청기사가 그런 방법으로 피했다고 단정할 수는 없지만, 어쨌거나 정보가 거의 없는 상황에서 초음속으로 날아오는 탄환을 피할 수 있는 적이라는 것은 분명했다. 이는 라르그윈이 아니더라도 머리를 싸매고 고민할 만한 문제였다.

"……라르그윈 님, 발언해도 되겠습니까?"

"말해봐."

"반신반의해서 보고서에 넣지는 않았습니다만, 아마도……청기사가 피한 것은 제가 쏜 후가 아니었을 겁니다. 제가 보기에는, 쏘기 직전에 회피 행동에 들어간 것 같더군요."

청기사가 총을 쏘기 직전에 회피 행동에 들어갔다— 그

사실은 보고서에 넣기에는 지나치게 감각적인 이야기이고, 목숨 구걸이나 변명으로 들릴 수도 있다. 하지만 라르그윈의 의도를 파악한 지금 이 순간에는 필요한 정보였다.

"쏘기 전이라고?"

라르그윈의 눈빛이 날카롭게 빛났다. 실은 반달리온이 진룡 2식에 제한적이나마 미래를 예지하는 기술을 도입했다는 이야기는 라르그윈의 귀에도 들어왔다. DKI — 현재는 청기사가 소유한 기업 — 의 연구 자료를 강탈해서 얻은 것이라는 이야기였다. 때문에 화스터의 보고는 라르그윈의 관심을 끌었다.

"네, 아직도 제 눈을 못 믿겠습니다. 하지만 어디까지나 감각적인 것이니 감히 여쭙겠습니다만, 분석 결과는 어떻게 나왔는지요? 정말로 청기사는, 격발 직전에 회피한 게 맞습니까?"

군에서는 작전 행동의 모든 과정이 데이터로 기록된다. 여러 개로 나뉘어 기록된 데이터를 취합해서 상세히 분석하면 화스터가 느낀 바를 검증할 수 있을 터였다.

"들었지? 오퍼레이터."

라르그윈은 슬쩍 뒤를 돌아보며 부하에게 지시했다. 흥미로운 이야기라서 그도 분석 결과를 알고 싶었다. 그러자 불과 몇 초 만에 라르그윈과 화스터 눈앞에 있는 3차원 모니터에 분석 결과가 표시됐다.

"……믿기 어렵지만, 아무래도 네 말이 맞는 것 같군. 청기사는 격발 전에 회피 행동에 들어갔어."

화스터가 착용한 전투용 슈트의 동작 로그에 기록된 방아쇠를 당긴 시간과 관측 로봇의 기록 영상을 비교한 결과, 코타로는 확실히 그녀가 방아쇠를 당기기 직전에 회피 동작에 들어갔다.

"괴물 같은 놈……. 이래서야 쓰러뜨릴 방법이 없군요."

격발하는 순간, 혹은 격발한 후에 회피를 시작했다면 어느 정도 납득할 수는 있다. 그러나 청기사는 격발 전에 이미 회피하기 시작했다. 방아쇠를 당기는 타이밍을 아는 사람은 화스터 본인밖에 없다. 눈으로 본다고 해서 알 수 있는 것도 아니다. 하지만 청기사는 수 킬로미터 떨어진 곳에서 그것을 해냈다. 저격수의 상식을 아득히 뛰어넘는 적이었다.

"너무 흥분하지 마. 상대는 전설의 영웅이잖나? 그 정도는 하겠지."

"하지만……."

"뭐, 진정해라. 이제부터 그 힘의 비밀을 밝혀낼 거니까. 우리도 언젠가는 따라 할 수 있을 거야."

놀라고 낙담한 화스터와 다르게 라르그윈은 즐거워 보였다. 적들이 사용해 온 미지의 힘. 얼마 전까지는 그 힘에 경악할 뿐이었으나 이제는 다르다. 한 걸음씩 천천히 그 미지의 힘에 다가가고 있다. 라르그윈의 수중에 영자력 차폐장치가 있는 것은 분명한 현실이다. 그것은 이미 청기사 일행의 힘을 조금이나마 줄이는 데 성공했다는 뜻. 낙담할 필요는 없었다. 시간이 오래 걸리더라도 언젠가 모든 것을 손에 넣으면 되는 것이니까.

"어쨌거나 잘했다. 이 실패는 네 책임이 아니야. 너는 네 역할을 충분히 해냈다."

"……너그럽게 봐주셔서 감사합니다."

화스터는 일단 그렇게 대답했지만, 가슴 속에는 여전히 여러 감정이 앙금처럼 남아 있었다. 그녀가 느끼기에는 마치 유령과 싸우고 돌아온 것만 같아서 누군가가 명확하게 대답해 주었으면 하는 마음이 간절했다.

"그리고 이 정도만 알아도 몇 가지 수를 쓸 수 있지."

"그렇습니까?"

"크크크. 뭐, 지켜보라고. 곧 네가 가슴을 펼 수 있게 해 줄 테니."

라르그윈이 느끼기에 청기사는 유령 같은 존재는 아니었다. 청기사는 미지의 기술로 몸을 지키고 있는, 어디에나 있는 한 명의 인간에 불과하다고 생각했다. 그리고 이번 화스터의 저격 덕분에 그 미지의 일부를 분석해냈다. 싸울 방법은 있다. 라르그윈은 만족스러운 웃음을 흘렸다.

루스가 표적이 된 이유는 반달리온파 잔당들이 가장 위험한 적으로 인식하고 있기 때문— 그것이 키리하의 판단이었다. 현재 반달리온파 잔당들은 지구에서 고립된 상태이다. 포르트제 본국에 있는 반달리온파 주력은 전면 항복하고 무장 해제에 응했다. 아직 각지에서 소수 세력이 국지전을 벌이고 있긴 했으나, 그런 세력들은 지구의 라르그윈에게 지원군과 물자를 보낼 여력이 없었다. 물론 정보도 마찬가지다. 결과적으로 라르그윈 일당은 많은 것을 현지에서 조달해야 했다. 이는 테러 조직과 매우 유사한 상황이었다. 그렇기에 그들이 제일 두려워하는 것은 정보전에서 밀리는 것이었다.

보통 테러 조직은 국가의 정규 군사 조직보다 규모가 작기 때문에 대규모 테러 공격을 결행하기 위해서는 많은 준비가 필요하다. 다른 여러 테러 조직과 연계해야 할뿐더러, 그걸 위해서 필요한 물자가 적지 않기 때문이다. 즉 긴 시간 동안 많은 비밀을 지켜야 한다는 뜻이었고, 정보 담당자들이 이를 눈치채지 못하도록 막아야 했다.

그리고 정보 담당자로서 루스는 너무나도 우수했다. 그녀는 단순히 물자와 정보를 관리하고 운용하는 데 능숙할 뿐이지만, 테러 조직에 준하는 적과 싸울 때는 그 자체가 강력한 무기가 된다. 물자와 자금, 정보의 흐름, 인간관계 등등, 그러한 것들을 관리하고 정리함으로써 적의 목표와 본

거지를 알아낼 수 있다. 요컨대 전투의 질이 변화한 결과, 루스의 힘이 전투의 결과를 크게 좌우하게 된 셈이다. 그래서 그녀가 처음으로 표적이 된 것이었다.

"루스의 힘은 전투의 규모에 비례해 강해지지. 내가 테러 조직의 리더였어도 맨 먼저 노릴 거야."

"그건 너무 과대평가하시는 게 아닌지……."

"그렇지 않다. 소녀를 줄곧 지켜 온 호위관은 참으로 우수하니라! 흐흥♪"

루스는 키리하의 얘기가 마치 다른 사람 얘기를 하는 것처럼 느껴졌지만, 티아는 왠지 모르게 자랑스러워했다. 티아는 마치 자기가 칭찬을 받은 것처럼 가슴을 활짝 폈다. 결과적으로 소꿉친구인 루스가 칭찬받는 게 기뻤다. 하지만 요즘 티아는 행동은 여기서 끝나지 않았다. 이미 머릿속에서는 루스를 어떻게 지켜줄 것인지에 대한 계획을 세우고 있었다.

"그리고 예의 영자력 차폐장치도 문제여요."

그때까지 잠자코 있던 클란이 키리하의 이야기를 보충했다. 클란은 기술적인 이야기도 배경에 있을 것 같다는 느낌을 받았다.

"무슨 소리야?"

"벨트리온, 반달리온파가 입수한 영자력 차폐장치는 하니와 여러분 것보다 기술적으로 뒤처진 것이었지요?"

“분명 그렇다고 했던 것 같은데. 어때?”

『구식이다호—.』

『수십 년이나 뒤처진 기술이다호—.』

“그렇다면 그 차이를 메우기 위해서도 파르돔시하를 노릴 필요가 있사와요. 우리의 정보 분석 능력을 떨어뜨리면 기술 격차를 크게 좁힐 수 있으니까요.”

탐지 및 추적은 탐지하는 장비와 수집한 정보의 분석, 이 두 가지가 모두 갖춰져야 효과를 발휘할 수 있다. 따라서 장비의 기술이 뒤처진다면 적의 분석 능력을 떨어뜨리면 된다. 그 분석력의 출처는 다름 아닌 루스다. 즉 기술이 뒤처진다는 점에서도 루스를 노릴 필요가 있는 것이다.

“듣고 보니까 우린 루스가 없으면 곤란하잖아. 장을 볼 때라든지—.”

“냉장고에 뭐가 있는지 다 아는 사람으은, 루스 씨뿐이에요오.”

이때 사나에와 유리카가 한 말은 언뜻 보기에는 별 상관없는 것 같지만, 실제로는 본질을 꿰뚫고 있었다. 106호실에서는 냉장고의 내용물이라는 물자 관리를 루스가 도맡아 하고 있다. 그리고 그녀보다 더 잘할 수 있는 사람은 없다. 그래서 루스가 갑자기 며칠간 106호실을 비우면 코타로 일행의 식생활에 큰 문제가 생긴다. 방에 드나드는 사람이 너무 많아진 탓에 냉장고 관리는 꽤나 까다로웠다. 키리하와 하루미를 동시에 동원해야 간신히 버틸 수 있는 상황이라고 할 수 있으리라.

"하여간…… 실제로 저격당한 루스 씨는 물론이고, 앞으로는 클란이랑 키리하 씨, 그리고 사쿠라바 선배도? 주로 두뇌 노동이 전문인 사람들을 철저하게 경호할 필요가 있겠어."

이야기가 어느 정도 정리되었음을 느낀 코타로는 심각한 표정으로 그렇게 말했다. 예전부터 코타로가 걱정했던 문제가 현실로 다가왔다. 만약 두뇌파 멤버가 빠지면 코타로 일행은 적을 놓치게 된다. 그리고 실제로 적들은 루스를 공격했다. 적이 약점을 노리고 있음을 알면서도 이대로 아무것도 하지 않고 방치하는 것은 어리석은 짓이다. 그리고 엄밀히 말하면 두뇌파만 위험한 게 아니었다. 두뇌파를 제거하면 전체가 마비되기 때문에 우선적으로 노리는 것뿐이지 다른 소녀들도 충분히 위험한 상황이었다. 코타로는 근본적인 부분에서 방어 체제의 쇄신이 필요하다고 생각했다.

"후후……."

코타로의 말을 듣고 루스는 살짝 미소 지었다. 루스는 지금 코타로가 어떤 심정인지 누구보다 잘 알고 있었다. 저격당했을 때 문양을 통해서 전해진 마음이 지금은 모두에게 향하고 있을 터였다. 그래서 루스는 웃었다. 저격당한 것은 분명 무서웠지만, 코타로의 마음이 그보다 몇 배는 더 기뻤다. 덕분에 루스는 공황 상태에 빠지지 않을 수 있었다. 그리고 그녀는 이 사실을 나중에 다른 소녀들에게도 알려줄 생각이었다.

"저요, 저요—!"

코타로에 이어서 시즈카가 손을 들며 발언권을 요청했다. 그녀도 코타로와 같은 걱정을 해왔기 때문에 진작부터 생각해둔 아이디어가 있었다.

"당장은 육체노동 전문가들이 두뇌노동 전문가들이랑 짝을 지어서 행동하는 건 어떨까?"

방어를 위한 인력과 장비 배치는 이제부터 생각해야 할 일이지만, 그때까지 아무 대책도 없이 손 놓고 있을 수는 없다. 그러니 전투가 특기인 멤버가 두뇌노동이 특기인 멤버를 지켜주는 게 좋지 않을까— 시즈카는 그렇게 생각했다.

"그리고 이번처럼 저격이 의심되는 장소를 이동할 때는 항상 군용 개인 배리어 발생 장치를 휴대할 것. 가능하면 과학, 영력, 마력, 세 계통으로 보호하고 싶으니라."

티아가 꺼낸 의견은 장비 추가였다. 단순한 습격이라면 몰라도 이번 같은 초장거리 저격은 제아무리 전투의 천재인 티아라고 해도 막지 못할 우려가 있다. 체계가 갖춰지기 전까지는 강력한 방어 수단을 상시 사용할 필요가 있을 것 같았다.

"공식적인 방어 태세가 갖춰질 때까지는 불필요한 외출을 피하는 것도 중요하겠죠."

하루미는 외출을 삼가서 적에게 빈틈을 드러내지 말자고 제안했다. 그녀다운 신중한 방어 수단이라고 할 수 있었다.

"정리하자면 오늘부터 시작할 수 있는 건…… 혼자 다니지 않는 것. 항상 방어 수단을 준비하는 것. 불필요한 외출을 자제하는 것. 이 정도일까요?"

마지막으로 마키가 이야기를 정리했다. 이 멤버로 할 수 있는 일은 제한적이지만, 그래도 아무것도 하지 않는 것보다는 훨씬 낫다. 그 사이에 인원과 장비를 준비해서 방어를 쇄신하면 된다.

"이렇게 얘기했는데 괜히 혼자서 싸돌아다니면 안 된다? 무슨 공포 영화도 아니고."

코타로가 재차 당부했다. 변덕스러운 소녀나 덜렁이 소녀도 있는 탓에 코타로는 걱정이 이만저만이 아니었다.

"영화에서는 왜 그러는 걸까—? 위험하다고 그렇게 강조하는데, 굳이 혼자 다니는 심리를 모르겠어—."

이해가 안 된다는 표정으로 고개를 끄덕이는 사나에. 하지만 기실 위험한 사람은 그녀다. 감정을 따라 행동하는 바람에 자기도 모르게 어느새 혼자가 되어 있는 것은 흔한 일이었다.

"픽션이니까요오. 안 그러면 사건이 일어나지 않는걸요오."

참고로 사나에보다 더 위험한 사람은 유리카다. 그녀가 정신줄을 놓고 있다가 혼자 남는 모습이 눈에 선했다. 유리카의 행동에 주의하자— 그것이 사나에와 본인을 제외한 나머지 인원의 공통적인 생각이었다.

『시즈카는 혼자 있어도 걱정할 것 없다. 내가 늘 지키고 있으니까.』

“허나 대물 저격소총에 저격당하면 시즈카의 몸무게가 단숨에 늘어날 게야.”

“최악이잖아!”

반달리온파의 저격 미수는 코타로 일행의 생활에 파문을 일으켰다. 지금 당장은 큰 문제가 아니었으나, 비슷한 일이 계속 일어난다면 그 파문이 겹치면서 거대한 파도로 변할 수도 있다. 그러니 그렇게 되기 전에 확실하게 대책을 세워서 파도로 변하는 것을 막아야 한다— 코타로는 소녀들의 이야기를 들으며 그렇게 생각했다.

루스가 맨 먼저 표적이 된 이유는 그녀가 정보 수집과 관리, 분석의 전문가이기 때문이리라. 하지만 코타로는 이렇게도 생각했다. 루스가 누구보다도 정보 관리 능력이 우수하기 때문에 다들 그녀에게 너무 의존하고 있는 것이 아닐까 하고. 그래서 결과적으로 많은 일을 담당하는 루스가 눈에 띄게 되는 것이다. 즉 다른 사람도 할 수 있는 일은 분담해서

하게 한다면 루스가 주목받는 것을 피할 수 있지 않을까—
코타로는 그런 결론에 도달했다.

"……클란, 포르트제 컴퓨터의 사용법을 제대로 배워보고 싶은데……."

그래서 코타로가 떠올린 생각이, 자신도 포르트제의 컴퓨터를 다루는 법을 배우겠다는 것이었다. 루스에게 맡기고 있는 일 중에서 간단한 것만이라도 스스로 할 수 있게 되면 그녀의 부담이 줄어든다. 그러면 적이 그녀를 노릴 우려가 줄어들게 될 터였다.

"갑자기 무슨 바람이 불었나요?"

"정보 관련 업무를 죄다 맡고 있으니까 루스 씨가 표적이 되는 거지?"

"뭐…… 그렇다고 할 수밖에 없네요."

정보 관련 업무는 클란도 담당하고 있지만, 그녀의 담당은 암호 해독이나 해킹 등 공격적인 분야에 집중되어 있다. 그 외는 루스에게 맡기고 있기 때문에, 클란의 관점으로도 코타로의 말이 틀린 것 같지는 않았다.

"그러면 내가 조금이라도 할 수 있게 되면, 그만큼 루스 씨가 안전해지겠지."

"……당신치고는 제법 예리한 발상이로군요."

클란은 자신의 손을 슬쩍 보았다가 다시 코타로를 보며 웃었다. 코타로가 컴퓨터를 다룰 줄 알게 된다고 해서 루스의 부담을 덜어줄 수 있을지는 알 수 없다. 그만큼 루스는 우수한 사람이다. 하지만 부담을 덜어주겠다고 생각한 것 자체가 대단한 일이며, 그 노력이 뜻밖의 결과를 가져오게 될 수도 있다. 허튼 생각이라며 비웃을 필요는 어디에도 없다. 그것은 그녀가 손에 쥐고 있는 진공관이 무엇보다도 뜨겁게 주장하고 있었다.

"하지만 그것 때문에 네 일을 방해하는 것도 문제니까, 대신에 포르트제의 컴퓨터 선생님을 소개해 주는 것도 괜찮을 것 같아."

코타로는 처음에는 클란에게 배우려고 했다. 컴퓨터 자체를 다루는 실력이라면 루스보다 클란이 훨씬 뛰어났기 때문이다. 하지만 클란은 클란대로 바쁠 것 같았다. 클란은 포르트제측 기술 고문으로 활동하느라 지구와 포르트제가 국교를 맺은 날부터 바쁘게 지내고 있었다. 그래서 코타로는 클란에게 배우기를 단념하고, 대신에 선생님을 소개받자고 생각했다.

"컴퓨터 선생님이라…… 잠시만 기다리시길."

클란은 컴퓨터를 들고 코타로의 선생님이 될 만한 사람을 찾기 시작했다. 코타로는 진지한 표정으로 컴퓨터가 표시하는 영상을 들여다보았다. 클란이 선생님 후보로 생각하는 인물들의 얼굴이 차례차례 지나갔다.

"부탁할게, 이번에는 장난하지 말고―."

"각하, 제가 가르쳐 드리겠습니다."

그때였다. 화제의 중심인 루스가 코타로의 말을 끊으며 선생님 역할에 출마했다. 언제나 한 걸음 물러서 있는 루스가 자신의 의견을 피력하는 것은 드문 일이지만, 무엇보다도 코타로의 말을 끊는 것 자체가 놀라운 일이었다.

"그럼 저를 가르치는 만큼 루스 씨의 부담이 늘어나서 본말전도 아닌가요?"

코타로는 그 말이 고마웠지만, 루스의 부담을 줄여주기 위한 대책 이야기를 하고 있는데 그 루스가 선생님이 된다면 오히려 부담이 늘어나게 된다. 받아들일 수 없는 제안이었다.

"제·가·가·르·쳐·드·리·겠·습·니·다."

루스는 웃고 있었다. 평소처럼 다정하고도 온화한 미소였다. 그러나 코타로는 이때 미소 너머에서 심상찮은 박력을 느꼈다. 평소보다 다소 힘을 주고 또박또박 말하는 말투에서도 같은 것을 느낄 수 있었다.

"……넵, 잘 부탁드리겠습니다."

그 출처를 알 수 없는 박력에 압도당한 코타로는 무심코 고개를 끄덕이고 말았다. 코타로는 이게 본말전도임을 아주 잘 알고 있었지만, 루스의 말을 거역할 용기가 없었다.

저마다의 생각

5월 30일 (월)

엘파리아는 황제로 즉위하기 전에 고고학 연구로 이름을 남겼는데, 실은 다른 분야에서도 한 가지 큰 업적을 남겼다. 바로 멸종된 줄 알았던 식물을 다시 발견, 복원에 성공한 것이었다. 그 식물은 루브스트리라는 이름의 나무인데, 그 잎으로 만든 홍차는 2천 년 전의 황제 알라이아가 즐겨 마신 것으로 알려져 있었다. 현재는 그 묘목이 전국에 퍼져서 많은 국민들이 즐겨 마시게 되었다. 물론 그것은 엘파리아 자신도 마찬가지였다.

"이 홍차를 마시면, 왠지 모르게 마음이 차분해져요."

나나는 잔을 잔 받침에 두고 테이블 맞은편에 있는 인물에게 웃으며 말했다. 그곳에는 엘파리아가 있었다. 그녀가 직접 우려낸 홍차를 마시며 두 사람은 오후 다과회를 즐기는 중이었다.

"그 느낌이 좋아서, 전설의 황제 알라이아 폐하도 즐겨 마셨다고 해요."

엘파리아도 똑같이 웃으며 대답했다. 앳된 느낌이 남아있는 나나와 원숙한 여성의 분위기를 풍기는 엘파리아가 웃음을 주고받는 모습은 어딘지 모르게 부녀지간처럼 느껴졌다. 누군가가 그렇게 지적하면 엘파리아는 화를 내겠지만, 나나는 맞는 말이라며 웃어넘기리라. 나나는 다정함과 유머가 공존하는 엘파리아를 좋아했다.

"그렇군요. 유명한 그 공주님이……."

"우리 티아는 아무것도 못 느끼는 모양이지만요."

"어머나…… 후후후……."

나나와 엘파리아는 종종 이렇게 다과회를 가졌다. 목적은 주로 업무 사이의 휴식. 나나는 포르사리아의 외교 사절로 포르트제에 체류 중이다. 앞으로 포르사리아를 어떻게 꾸려나갈 것인지, 마법이라는 게 어떠한 것인지 등을 엘파리아에게 전해야 하기 때문이다. 그러다 보면 아무래도 이야기가 길어질 수밖에 없고, 종종 머리를 식힐 시간이 필요하다. 그럴 때 이렇게 둘이서 차를 마시는 것이었다.

"티어밀리스 전하 일행은 지금쯤 어떻게 지내고 있을까

요…….”

티아 이야기가 나오자 나나는 자연스럽게 지구를 떠올렸다. 그러자 엘파리아는 살짝 실눈을 뜨며 조금 다른 미소를 지었다. 그것은 역시 어머니의 얼굴이었다.

“후후, 여러모로 고생이 많겠지만, 분명 즐겁게 잘 지내고 있을 거예요.”

지구와 포르트제는 가장 빠른 우주선으로도 열흘 정도 걸리는 거리다. 그래서 지금 티아 일행이 어떻게 지내고 있는지는 상상할 수밖에 없었다. 지구와 포르트제는 현재 가장 어려운 시기에 접어들었다. 포르트제는 일본과 국교를 수립한 셈인데, 서로 다른 문명 간에 접촉할 때 제일 어려운 것은 다름 아닌 첫걸음을 떼는 것이다. 그 키잡이로 선택된 사람은 전권을 위임받은 티아와 클란, 두 황녀다. 아마도 두 사람은 눈코 뜰 새 없이 바쁜 생활을 하고 있으리라. 하지만 엘파리아는 걱정하지 않았다. 티아와 클란의 곁에는 코타로가 있다. 코타로는 분명 티아와 클란을 몸과 마음으로 지켜줄 터다— 엘파리아는 그것을 해가 동쪽에서 뜨는 것만큼이나 굳게 믿고 있었다.

“폐하께서는 코타로 씨에 대한 믿음이 정말 크시군요?”

엘파리아가 따로 언급하진 않았지만, 『즐겁게 지내고 있을 거다』라는 말 속에 코타로의 존재가 포함되어 있음을 나나는 강하게 느꼈다.

"그야 그럴 수밖에요. 포르트제를 두 번이나 구원한 전설의 영웅이신걸요."

"폐하를 구해준 적도 있었죠?"

"네. 그러니까 걱정 안 해요. 그저 즐겁게 지내면 좋겠다고 생각할 뿐이죠."

"폐하에게 코타로 씨는……."

나나는 그 뒤에 이어지는 말을 삼켰다. 그 말을 꺼내면 엘파리아를 난처하게 할 것 같았기 때문이다.

"왜 그러시나요?"

"아뇨, 아무것도 아니에요. 폐하에게 코타로 씨는 마지막 비장의 카드인 셈이군요?"

"후후, 딸들을 안심하고 맡길 수 있는 상대이니까…… 그렇다고 할 수 있겠네요."

그래서 나나는 다른 것을 물었다. 인생이라는 것은 복잡하다. 생각대로 되지 않는 경우는 일상다반사다. 그렇기에 묻지 않는 편이 더 나을 때도 있었다.

"하지만 그런 의미라면…… 나나 씨, 당신에게도 그렇지 않나요?"

"그렇죠. 유리카를 맡길 수 있는 사람은 코타로 씨밖에 없어요."

그렇게 두 사람은 한동안 수다를 떨었다. 그리고 슬슬 업무에 복귀해야겠다고 생각했을 때— 두 사람이 다과회를 즐기고 있는 온실에 새로운 인물이 나타났다.

"폐하, 즐거운 시간을 방해해서 죄송합니다."

"괜찮아요, 세일레슈 양. 당신이 이 타이밍에 온 걸 보니, 무슨 문제가 생겼나 보군요?"

그 인물은 세일레슈였다. 그녀는 포르트제의 제1 황녀로, 지난 내란에서 황제의 대리인으로 훌륭하게 활약한 인물이다. 내란이 종결된 후에는 한동안 병상에 누워 있는 아버지를 보살피고 있었는데, 아버지의 병세가 좋아지면서 엘파리아의 보좌관 역할을 맡기게 되었다.

"문제라고 할 정도는 아닙니다만, 폐하께서 판단해 주셔야 할 사안이에요."

"그럼 폐하, 세일레슈 전하. 저는 자리를 비우겠습니다."

"아니요, 나나 씨도 폐하와 함께 들어주세요. 지구와 포르사리아도 관련된 이야기거든요."

"그렇군요."

"세일레슈 양, 당신도 자리에 앉으세요."

"그럼…… 실례하겠습니다."

세일레슈는 빈자리에 앉아 팔찌에 내장된 컴퓨터를 조작했다. 그렇게 그녀가 준비하는 동안에 엘파리아는 세 사람 몫의 홍차를 다시 준비했다.

"드세요, 세일레슈 양."

"감사합니다, 폐하. 바로 본론으로 들어가겠습니다."

세일레슈는 엘파리아가 내준 홍차를 건드리지 않고 곧바로 이야기를 시작했다. 그만큼 중요한 이야기이긴 했으나, 사실 세일레슈는 뜨거운 음식을 잘 못 먹었다.

"먼저 반달리온파 잔당에 대한 보고입니다."

"지구에서 무슨 일이 있었나요?!"

세일레슈가 꺼낸 첫마디를 듣기가 무섭게 나나는 날카로운 표정을 지으며 살짝 몸을 내밀었다. 지구와 포르사리아가 관련되어 있다고 했기 때문에 자연스럽게 그렇게 생각한 것이다.

"아뇨, 그런 건 아니에요. 이번에는 포르트제에 있는 잔당들에 대한 얘기입니다."

"그렇군요……. 죄송합니다, 제가 너무 흥분했네요."

나나는 면목 없는 표정으로 사과하고 다시 자세를 고쳐 앉았다.

"이해해요. 그만큼 중대한 문제이니까."

세일레슈는 개의치 않았다. 그녀는 나나의 그런 반응을 충분히 공감할 수 있었다. 나나만이 친구가 이역만리에 있는 것은 아니었으니까. 그래서 그녀는 옅은 미소를 지으며 아무 일 없었다는 듯이 보고를 이어갔다.

"반달리온파의 주력 부대는 전면 항복했고, 그들의 무장해제 및 처벌은 예정대로 진행하고 있습니다."

포르트제 내란 중에 코타로 일행과 반달리온파의 최종 결전은 지구력으로 선달그믐날에 이루어졌다. 그 직후 반달리온파 주력 부대는 항복했고, 그 후 차근차근 조직을 해체하는 작업에 착수했다. 해체하는 데 시간이 걸리는 것은 반달리온파의 규모가 크기 때문이고 특별히 문제가 있는 것은 아니었다. 세일레슈의 말대로 예정대로 진행되고 있었다.

"그리고 시급한 현안이었던 전국적으로 흩어져 있는 소규모 거점들은—."

최근 엘파리아 일행의 과제는 반달리온파 주력 부대가 아니라 포르트제 영토 내에 흩어져 있는 소규모 잔존 부대와 그들의 거점에 대한 대처였다. 주력 부대는 반달리온과 글라나드가 지휘 계통 그 자체였기 때문에 그들이 쓰러진 시점에서 사실상 붕괴된 거나 다름없는 상태였다. 이는 물론 전국에 흩어져 있는 잔존 부대도 마찬가지였으나, 개중에는 그렇지 않은 부대도 있었다. 원래 카리스마가 강한 지휘관이 이끌던 부대가 자발적으로 반달리온에게 협력한 경우에 종종 일어나는 케이스였다. 물론 지리적으로 수도와 가까운 지역에서는 그런 부대는 금방 진압되었으나, 수도에서 멀리 떨어진 지방 성계에서는 그런 부대가 끈질기게 저항했다. 은하를 넘나드는 신성 포르트제 은하 황국이니만큼 그 영토는 당연히 은하계 수준. 하지만 경제권으로 보면 지방 성계는 독자적인 경제권을 구축한 경우가 적지 않았다. 영토가 워낙에 넓은 탓에 경제적인 연계를 맺기가 어려운 탓이다.

그리고 그 독자적인 경제권을 현안인『소규모 잔존 부대』가 장악하고 있으면 성계 단위로 저항을 계속할 수 있다.

"—이쪽도 거의 다 진압했습니다."

"네피르폴란 양이 크게 활약하고 있다는 얘기를 듣긴 했는데, 이 타이밍에 거의 다 진압하다니 상상 이상의 전과를 거두었군요."

"네. 그녀가 진압한 거점은 이번 달에만 여덟 곳에 달합니다. 이건 이동 시간을 포함한 것이니 눈부신 전과라고 할 수 있겠죠."

하지만 문제의『소규모 잔존 부대』는 이미 거의 다 진압된 상황이었다. 전체로 보았을 때 극소수라 할지라도 국내에 거점을 둔 적을 그대로 두는 것은 문제가 있다. 그래서 포르트제 황국군은 반달리온파 주력 부대를 해체하는 것과 병행해서 그『소규모 잔존 부대』를 진압하는 데에 힘을 쏟았다. 그런 와중에 눈에 띄는 활약을 보인 것이 네피르폴란이라는 이름의 연대장, 그리고 그녀가 지휘하는 부대였다.

"네피르폴란……? 그 이름은 분명……."

나나는 그 이름이 귀에 익었다. 하지만 군인으로서 기억하고 있던 것은 아니었기에 무심코 고개를 갸우뚱했다. 그런 나나의 소녀처럼 귀여운 행동에 엘파리아는 살짝 웃으며 자세히 설명했다.

"네. 네피르폴란 양은 글렌다드 가문 출신으로 포르트제의 다섯 번째 황녀예요. 『꿰뚫는 대형 창』이라는 칭호를 가진 무투파 황녀죠."

정식 이름은 『네피르폴란 카논 글렌다드 아르다사인 포르트제』. 그녀의 생가인 글렌다드 가문은 예로부터 무예에 뛰어난 가문이다. 실제로 글렌다드 가문의 황족 중에는 포르트제의 황제가 된 사람보다도 장군이 된 사람이 훨씬 많았다. 네피르폴란 본인도 이미 장군의 바로 아래인 연대장 지위에 있었다. 글렌다드는 예로부터 무력으로 포르트제를 지탱해 온 가문이었으며, 이를 자랑스럽게 여겼다. 네피르폴란도 예외는 아니라서 어릴 때부터 무술을 수련하며 자랐다. 그녀가 장기로 삼는 무기는 칭호에서 알 수 있듯이 날카롭게 벼린 대형 창이다. 예로부터 포르트제 여성들이 전장에 나설 때는 작은 체격을 극복하기 위해 창처럼 길이가 긴 무기를 사용하는 경우가 많은데, 네피르폴란은 한층 커다란 대형 창을 다뤘다. 일반적으로 무기가 대형 창 수준까지 커지면 여성은 무기의 무게에 휘둘리기 마련이지만 신기하게도 그녀는 그렇지 않았다. 강인한 육체와 끊임없는 수련 덕분이었다. 천재성을 타고난 티아와는 정반대에 위치한, 노력과 근성으로 경지에 도달한 무예의 달인— 그것이 네피르폴란의 본질이었다.

또한 은하 시대의 포르트제인 만큼 그녀가 다루는 창은 평범한 창이 아니다. 전격을 방출하거나 빔을 발사하는 등 다양한 상황에 대응 가능한 기능을 갖추었으며, 글렌다드 가문에는 이를 포함한 무술 체계가 존재했다. 네피르폴란은 근접전의 달인이지만, 그것이 원거리 공격으로 그녀를 쓰러뜨릴 수 있다는 뜻은 아니다. 시대에 따라 전투 방식을 개선해 온 글렌다드 가문은 어지간한 기사 가문은 상대도 안 될 정도의 무투파 황가다. 자연히 무투파 기사 가문의 정점인 웰라인커와는 친분이 두터웠으며, 무예를 겨루는 라이벌이기도 했다.

"하지만 저번 내란 때는 대외적인 활동을 하지 않았던 게……."

"그건 역사적으로 군부와 결속이 강했기 때문이에요. 반달리온 일당의 음모가 밝혀지기 전까지는 그동안의 인연을 우선시하느라 군부의 언행을 무시할 수 없었던 것이죠."

글렌다드 가문은 역사적으로 장군을 많이 배출했기 때문에 자연히 군 상층부— 군부와 오랫동안 인연을 이어 왔다. 그 결과 지난 내란에서 엘파리아와 군부 중에 어느 쪽을 믿어야 하는지를 두고 글렌다드 가문 내부 의견이 분열하는 바람에 움직일 수 없게 되었다. 엘파리아가 내세운 군축 정책이 못마땅했던 것도 한몫했다. 그런 글렌다드 가문이 태도를 정한 것은 세일레슈가 황제 대리로 나선 후였다. 그런 까닭에 그들은 내란에서 활약하지 못했다.

"……그렇게 글렌다드가 움직이지 못하게 된 것까지 포함해서 반달리온의 음모였다고 생각해야 하겠죠."

"그렇다면…… 저희 설리온 가문은 아버지가 병으로 쓰러져 계셨으니 반달리온 측에 유리했겠군요."

세일레슈의 정식 이름은 『세일레슈 쿠어 설리온 팔케뮤세 포르트제』다. 개인 칭호는 팔케뮤세. 꽃이 피는 계절을 뜻하는 말이다. 설리온 가문은 대대로 예술 분야에서 많은 업적을 남겼으며, 마스티르 가문이나 슈와이거 가문에 필적할 정도로 많은 황제를 배출한 것으로도 유명하다. 정치 성향은 중도적이며 균형 감각이 뛰어나다는 평판이 자자하다. 그 결과 황족 회의에서는 세일레슈가 황제 대리로 취임하는 것에 반대 의견을 내지 않았다. 그 균형 감각을 만들어낸 사람은 세일레슈의 아버지였는데, 그는 오랫동안 병상에 누워 있었다. 반달리온 일당은 그 틈을 기다렸다는 듯이 움직이기 시작했기 때문에 설리온 가문은 꼼짝도 할 수 없었다. 그리고 최종적으로는 DKI가 개입해서 세일레슈가 황제 대리로 취임하게 되었다. 현재 세일레슈의 아버지는 병세가 호전되고 있었다. 코타로 일행이 약속을 지켜서 마법으로 치료해준 덕분이었다.

"그럼 내란 때 아무것도 하지 못한 것을 벌충하고 싶은 심정이겠네요."

나나도 글렌다드 가문의 의중을 대강 짐작할 수 있었다. 포르트제 황가 중에서 둘째가라면 서러운 용맹을 자랑하는 가문이, 조국의 뿌리를 뒤흔든 내란에서 존재감을 전혀 드러내지 못했다. 그 수치스러움을 전후 처리 과정에서 조금이나마 만회하기 위해 젊은 호프 네피르폴란을 전면에 내세운 것이다. 뿐만 아니라 라이벌 기사 가문인 웬라인커가 일찍부터 엘파리아 편에 서서 싸워왔기 때문에, 큰 격차가 벌어지게 된 것도 글렌다드 가문을 자극했다.

"그렇죠. 그리고 글렌다드는 무예에 자부심을 느끼는 사람 특유의 결벽성을 가졌기 때문에 반달리온 일당에게 속은 자신들을 용서하지 못하고 있어요. 물론 저를 의심했던 것에도 죄책감을 품고 있고요."

네피르폴란의 눈부신 활약상은 당사자의 분투는 물론이거니와 글렌다드 가문이 돈을 아낌없이 쓰며 그녀를 지원해 주는 덕도 크다. 그 이유는 엘파리아 말마따나 반달리온파 잔당에 대하여 증오에 가까운 감정을 가지고 있기 때문이다. 적의 농간에 휘둘리다가 끝내 아무것도 못 했으니, 그 오점을 어떻게든 지워버리고 싶을 터였다.

"그렇군요. 분투할 수밖에 없겠네요."

나나는 고개를 크게 끄덕였다. 동작이 큰 몸짓은 그녀를 실제 연령보다 어려 보이게 했지만, 머릿속은 시대를 풍미했던 천재 마법소녀. 정치적인 사정에 통달했다. 네피르폴란이 활약하는 상황에 대해서도 정확하게 이해하고 있었다. 그런 글렌다드 가문을 엘파리아가 마음대로 움직이게 두는 것까지 포함해서 말이다. 그게 바로 정치라는 것이다. 그리고 그런 나나이기에 포르사리아의 외교 사절로 포르트제에 있는 것이었다.

“하지만 눈에 띄는 거점을 전부 진압했기 때문에 이제 네피르폴란 씨의 힘이 필요한 상대는 없어요.”

거점을 둘 만한 규모의 적들은 전부 진압되었다. 물론 그보다 더 작은 규모의 적은 여전히 남아 있지만, 그러한 적들은 어둠 속에 숨어서 테러리스트처럼 활동하고 있다. 그들을 진압하는 데는 대규모 군사력이나 네피르폴란의 돌파력이 필요하지 않다. 적이 집단으로 모여 있는 장소가 없어졌으니 이제부터는 전투의 양상이 달라질 것이다.

“흠……그래서 상담하러 온 거군요, 세일레슈 양.”

“네. 각지의 거점 진압에 투입되었던 부대의 활동 방침을 새로 정해주셔야 할 것 같아요.”

“기본적으로 어느 지역이든 당분간 병력을 주둔시킬 필요가 있겠죠. 물론 규모는 줄이겠지만…….”

내란이 종결된 지 몇 달이 지났으나 국내는 아직 완전히 안정되지 않았고, 규모는 줄어들었지만 반달리온파의 그림자가 아른거리고 있었다. 적이 테러 수준의 공격을 감행할 위험은 여전히 있었으니, 즉시 전군을 철수시키는 것은 바람직하지 않다는 게 엘파리아의 결론이었다.

“그럼 예외가 있는 건가요?”

엘파리아의 『기본적』이라는 표현에서 나나는 특별한 의도를 느꼈다. 그리고 다시 고개를 갸웃하는 나나를 보며 엘파리아도 재차 미소를 지었다.

"네, 맞아요. 네피르폴란 씨를 지구로 보낼까 생각 중이에요."

"지구로요?!"

"지구에 있는 반달리온파 잔당은 마법과 영자력 기술을 노리고 있어요. 그들을 진압하는 데 네피르폴란 씨의 힘이 도움 될 거예요."

적이 마법과 영자력 기술을 노린다면 단기 결전이 바람직하다. 기술이 조금이라도 잔당 측에 넘어가면 골치 아픈 상황이 벌어질 수 있기 때문이다. 그리고 단기 결전을 벌인다면 높은 확률로 지구에 고립되어 있는 반달리온파의 거점을 공격할 것이다. 네피르폴란과 그녀의 부대를 지구에 투입하는 것은 전투를 가장 빠르게, 가장 소규모로 끝내기 위한 방법이라고 할 수 있으리라.

"그리고 나나, 당신에게 그 안내역을 부탁하고 싶어요."

"……세일레슈 전하, 얘기가 이렇게 흘러갈 걸 예상했기 때문에 제게 이야기를 들으라고 하신 거군요?"

"정확해요. 역시 나나 씨는 대단하네요."

그리고 세일레슈도 미소 지었다. 확실히 지구와 포르사리아도 관련이 있는 이야기였다. 그리고 단기 결전은 나나도 바라는 바였다. 지구, 포르사리아, 포르트제— 모든 곳의 피해를 최소한으로 억제하기 위해서 필요한 일이었다.

루스 선생님의 포르트제 컴퓨터 강의는 코타로가 배우고 싶다는 얘기를 꺼낸 다음 날부터 시작됐다. 수강생은 코타로 외에 하루미와 마키, 시즈카까지 총 네 명. 키리하는 독학으로 이미 습득한 상태였고, 사나에와 유리카는 첫날에 백기를 들었다.

"루스 씨, 이 『권한』에 대해서 자세히 가르쳐 주세요. 겉핥기 정도로는 알고 있지만……."

"맡겨주세요, 각하♪ 우선 『청기사』의 컴퓨터를 쓰는 사람을 떠올려 보세요♪"

"저랑 루스 씨랑 티아. 때때로 클란. 하지만 각종 장치를 설치한 사람은 엘이고…… 황국군 사람들도 꽤 건드렸죠, 아마?"

"그중에서 『청기사』의 기능을 전부 조작할 수 있는 사람은 누구일까~요♪"

"흠, 아무도 모르는 기능을 숨겨뒀을 정도이니까…… 엘?"

"정답입니다♪ 엘파리아 폐하께서는 『청기사』의 최상위 『권한』을 가지고 계세요♪ 폐하께서는 『청기사』의 기본 설계부터 관여하셨기 때문에 『청기사』의 모든 기능을 알고 계시죠♪ 그리고 폐하께서는 황제이시니까, 조작 실수로 『청기사』를 망가뜨려도 문제가 없답니다♪"

"어라? 저도 최상위 권한을 갖고 있지 않나요?"

"그렇죠♪ 하지만 각하의 경우에는 『청기사』의 모든 기능을 알고 계신 게 아니잖아요♪"

"아아…… 그건 그렇죠."

"그래~서, 각하께서 함선이 손상될 수 있는 조작을 하시려고 할 때는 인공지능이 확인 절차를 거친답니다♪"

"그러고 보니 종종 불평했던 것 같네요……."

"다시 말해서 각하는 최상위 『권한』을 갖고 계시기에 엘파리아 폐하와 같은 일을 할 수 있지만, 인공지능의 지원이 필요한 특별한 계정이라 할 수 있지요♪"

"그러니까 『권한』 자체는 엘과 동등하지만, 특수한 절차가 필요한 계정이라는 거군요."

"네, 맞습니다♪ 이어서 티아 전하의 경우인데요……."

교사 역할을 맡은 루스의 지도는 열정적이었다. 알맞은 교과서를 준비했을 뿐만 아니라, 실제 교재로 쓸 컴퓨터는 일본어를 지원하는 스마트폰식 인터페이스로 개조되어 있었다. 전부 코타로 일행이 쉽게 이해하고, 쉽게 사용할 수 있도록 루스가 사전에 직접 만든 것들이었다.

"……루스 녀석, 저렇게 대놓고 들뜬 모습을 보여주니 재미있을 정도군……."

조금 떨어진 자리에 있던 티아는 공부하는 루스 일행의 모습을 지켜보며 중얼거렸다. 티아는 루스가 들떠 있다고 했지만, 그런 티아 자신도 즐거운 눈초리로 바라보고 있었다. 오랜 소꿉친구인 루스가 즐거운 시간을 보내는 것은 티아에게도 좋은 일이다. 루스는 언제 어느 때나 진중하기 때문에 더욱 그랬다.

"분명 벨트리온의 도움이 되어서 기쁜 것이겠죠."

반면에 클란의 표정은 다소 불만스러워 보였다. 코타로가 루스에게는 진솔하게 대했기 때문에 루스가 부러웠다. 그런 클란의 모습을 보며 키리하는 부드럽게 미소 지었다.

"사토미 코타로가 컴퓨터를 배우려고 마음먹은 건 틀림없이 루스를 위해서다. 사랑하는 사람이 자신을 위해 필사적으로 노력하고 있고, 자신도 사랑하는 사람에게 도움이 되고 있지. 들뜨는 게 당연해."

루스가 들으면 홍당무로 변하게 될 화제였지만, 다행히 이 대화는 그녀의 귀에 닿지 않았다. 루스가 컴퓨터 강의 교실로 쓰는 곳은 클란의 우주전함 『으스름달』의 회의실. 클란은 과학의 전문가인 만큼 『으스름달』에는 강의나 회의를 위한 공간이 여럿 갖춰져 있었다. 그리고 그 공간은 충분히 넓어서 컴퓨터 강의에 참여하지 않은 인원들은 뒷자리에서 차 한 잔의 여유를 즐기고 있었다.

"루스 씨느은, 암살당할 뻔했으니까요오. 어쨌든 기운차게

웃고 있어서 정말 다행이에요오~."

루스가 적에게 공격받은 것은 처음이 아니지만, 저격수의 암살 미수라면 얘기가 달라진다. 평화로운 일상 속에서 돌연히 누군가에게 살해당할 뻔했다— 그것은 한 명의 소녀에게는 심각한 사건이다. 그 일이 지금 루스의 미소에 그늘을 드리우지 않는 것은 다행이라고 할 수 있다. 실제로 말로 표현한 유리카만이 아니라 그곳에 있는 소녀들 모두가 같은 마음이었다.

"그치만 정말 마음이 안 다친 건 아닌 것 같으니까, 조금만 더 조용히 지켜보자구—."

그리고 사나에의 이 말도 사실이리라. 아무리 즐거워 보이더라도 정말 아무런 상처도 입지 않았을 리는 없다. 실제로 사나에는 루스의 미소 이면에서 미약한 영력의 흔들림을 감지했다. 그것을 치유하기 위해서라도 불필요한 말은 하지 말고 잠시 지켜보자— 이 또한 소녀들의 공통된 의견이었다.

루스의 컴퓨터 강의는 매번 한 시간 정도면 끝난다. 학습은 적당한 페이스로 진행해야 하며, 밀도가 너무 높아서는 안 된다는 것이 루스의 지론이었다. 그래서 이날도 어김없이 딱 한 시간 만에 마쳤다.

"그럼 다음 수업은 내일 이어서 하겠습니다."

"고맙습니다, 루스 씨. 바쁜데 이렇게 시간을 내주셔서……."

"아니에요. 이 정도는 문제없답니다."

컴퓨터 강의가 끝나자 루스는 다시 평소의 분위기로 돌아갔다. 즐거운 시간이 끝났기 때문인지 조금 쓸쓸해 보였다. 하지만 루스는 이내 웃음을 되찾았다. 내일 강의 준비가 있기 때문이다. 그녀의 즐거운 나날은 앞으로 한동안 계속될 것이다.

"그럼 저는 이만 실례하겠습니다♪ 랄라라~♪"

그리고 루스는 가벼운 발걸음으로 『으스름달』 회의실을 떠났다. 수강생들은 저마다 감사 인사를 건네며 즐거운 듯한 그녀의 뒷모습을 배웅했다.

"……이거, 실수한 걸지도 모르겠어……."

그 와중에 코타로는 홀로 팔짱을 끼고 생각에 잠겨 있었다. 그러자 옆에 있던 마키가 살짝 고개를 갸웃했다. 루스는 시종일관 즐거운 표정을 짓고 있었기 때문에, 마키가 봤을 때는 딱히 문제가 있는 것 같지 않았다.

"사토미 군, 뭐가 문제인데요?"

"나 때문에 루스 씨의 일거리가 더 늘어났잖아……."

코타로는 결과적으로 루스의 일거리를 늘린 모양새가 되어버린 게 찜찜했다. 원래 코타로는 포르트제의 컴퓨터 전문가에게 사용법을 배우려고 했다. 그런데 루스 본인의 강력한 제안에 못 이겨 그녀에게 맡기게 되었다. 게다가 강의를 시작하자 전용 인터페이스를 탑재한 맞춤형 교보재까지 가져왔으니, 루스는 강의 준비에 많은 시간을 할애하고 있는 게 분명했다. 그녀의 부담을 줄이려는 시도가 정반대의 결과를 가져오고 말았다. 코타로는 그 점이 마음에 걸렸다.

"아니, 꼭 그렇다고는 할 수 없지. 요즘 루스의 컨디션이 좋아 보이더구나. 아무래도 정신이 건강하니 육체에도 좋은 영향을 미치는 모양이니라."

티아는 그렇게 말하며 웃었다. 루스는 머리가 좋은 만큼 잔걱정이 많은 편이라 늘 사소한 일에 신경을 곤두세우는 경향이 있다. 하지만 지금은 그렇지 않았다. 즐거운 일이 눈앞에 있으니 신경을 곤두세울 겨를이 없는 것이다. 덕분에 루스는 요즘 깊은 잠을 푹 자고 개운하게 깰 수 있었다.

"업무 능률도 좋아졌고, 전체적으로 보면 부담은 그렇게 늘어나지 않은 것 같다."

걱정 많은 성격은 업무를 처리할 때도 그대로 드러났는데, 루스는 한 가지 작업에 필요 이상의 시간을 들이는 경향이 있었다. 지금은 그 빈도가 적당히 줄어들었고, 업무의 질은 오히려 올라갔다. 컴퓨터 강의는 루스의 기분 전환에도 한몫하는 셈이었다. 물론 준비에 시간이 걸리는 것은 사실이다. 하지만 그것은 어떠한 취미를 시작했을 때와 비슷할 것이다.

"그렇다 치더라도 원래 목적은 저격 등의 리스크를 줄이는 거잖아. 이 상황은 그거랑 거리가 멀다고."

컴퓨터를 배우려고 한 이유는 루스의 신변을 보호하기 위해서다. 루스가 저격당한 이유는 코타로 일행이 그녀의 재능에 너무 의존한 탓이다. 그러므로 컴퓨터 사용법을 배워서 그녀의 부담을 줄이는 게 본래의 목적이다. 하지만 지금은 오히려 루스가 하는 일이 더욱 많아졌다. 미미하긴 해도 원래 목적과 정반대의 결과를 낳게 된 것이다. 코타로는 그 점이 답답했다. 그렇게 이마를 짚고 탄식하는 코타로에게 하루미가 차분한 목소리로 말했다.

"사토미 군, 진정하세요."

"사쿠라바 선배……."

"사토미 군이 그런 점을 알아차리고 실제로 행동에 나선 걸 루스카니아 양은 정말 든든하게 생각하고 있어요."

"……그럴까요?"

다소 부정적인 결과를 보이는 현 상황에서는 하루미의 말을 곧이곧대로 받아들일 수 없었다. 코타로의 심경은 복잡했다.

"그렇지 않다면 저런 미소를 보일 수 없을 거예요. 안 그런가요?"

"……그럴지도, 모르겠지만……."

코타로가 보기에도 루스는 무척 즐거운 듯했다. 그러나 그렇다고 해서 괜찮다고 받아들여서는 안 될 것 같다는 생각이 들었다. 코타로는 루스를 제대로 지켜주고 싶었기 때문이다.

"우리는 인정해야 해요. 단기적인 노력으로는 루스카니아 양의 힘이 되어줄 수 없다는 현실을 말이죠……."

거기까지 말하고서 하루미는 살짝 눈을 내리떴다. 하루미도 코타로와 같은 마음이었다. 루스만 위험에 처한 상황을 개선하고 싶었다. 하지만 마음만으로는 어떻게 할 수 없는 일이 있는 법이다.

"사쿠라바 선배……."

"루스카니아 양의 재능은 너무 특별해요. 우리가 조금 배운다고 해서 그녀의 부담이 줄어들지 않겠죠."

코타로 일행이 단기간 컴퓨터 공부를 한다고 해서 루스의 일을 1퍼센트도 대신할 수는 없으리라. 그만큼 그녀의 기술은 뛰어났다. 물론 루스도 그 점을 알고 있다. 알고 있지만, 어떻게든 자신을 도와주려는 코타로의 마음이 기뻤다. 그녀에게는 그것만으로도 충분했다.

"지금 우리가 할 수 있는 일은 루스카니아 양의 몸과 마음을 지탱해주는 거예요. 그중 하나가 루스카니아 양에게서 컴퓨터를 배우는 것이죠. 그건 그녀의 즐거운 일상을 지켜주는 행동이에요. 미약한 힘밖에 되어줄 수 없어서 답답하겠지만, 우리는 그 현실을 받아들여야만 해요. 아마도 루스카니아 양은 지금까지 계속 사토미 군에게 그런 감정을 품고 있었을 테니까요."

최근 들어 싸움의 양상이 바뀌면서 루스의 재능이 조명받기 시작했다. 그러나 루스는 지금까지 자신이 코타로의 힘이 되어 주지 못하고 있는 것은 아닌가 하고 답답하게 생각해 왔을 터다. 그 구도가 지금 바뀌었을 뿐이었다.

"……루스 씨가, 제게……."

코타로 역시 모르는 바는 아니었다. 기사단 부단장이라는 직책에 자긍심을 가진 루스였으니 그 점이 신경 쓰이지 않았을 리가 없다. 티아처럼 전투에 재능이 있는 것도 아니고, 키리하처럼 작전 입안에 재능이 있는 것도 아니고, 클란처럼 발명에 재능이 있는 것도 아니다. 마법도 영력도 사용할 수 없다. 루스는 대량의 무인기를 조종하며 싸울 수는 있겠지만, 코타로 곁에서 검을 휘두를 수는 없다.

과거의 루스는 그저 자신이 할 수 있는 일을 찾기 위해 필사적으로 노력했다. 그렇기에 루스는 코타로가 그렇게 해주는 것만으로도 기뻤다. 어떤 의미에서 과거의 루스와 지금의 코타로는 닮았다고 할 수 있으리라.

"가을에 인력이 충원되면 루스카니아 양의 부담도 줄어들 거예요. 그때까지는 사토미 군이 루스카니아 양의 버팀목이 되어 주세요."

가을이 되면 포르트제와 일본의 교류를 위한 유학생의 추가 선발과 함께 각 분야의 인력도 충원될 예정이다. 그러면 루스의 부담이 크게 줄어들 것이다. 지금 그녀가 바쁜 것은 인력이 부족한 탓도 크다. 달리 말하자면 루스가 바쁜 것은 가을까지. 그때까지는 코타로 일행이 최선을 다해 그녀를 지켜주면 된다.

"그리고 사토미 군이나 우리가 컴퓨터 공부를 계속하는 게 장기적으로는 루스카니아 양의 부담을 줄여주게 되겠죠."

"……현실을 받아들이고, 할 수 있는 일을 한다……. 알겠습니다, 어떻게든 해보겠습니다."

"좋은 자세예요♪"

코타로는 루스를 걱정하는 마음에 자신의 능력 한계를 넘어서는 일을 해야 한다고 생각했다. 하루미는 그런 그를 타이르고 올바른 길로 되돌려 놓았다. 지금의 코타로는 어떤 방법이든 괜찮으니, 자신이 할 수 있는 일로 루스를 지켜주자고 생각하게 되었다. 그리고 그렇기에 눈앞에서 미소 짓는 하루미에 대한 존경심을 새롭게 느꼈다. 하루미는 다른 사람에게 옳은 길을 제시해줄 수 있는 훌륭한 공주님이다. 그녀의 영혼과 하나가 된 알라이아처럼.

"안심하시어요, 벨트리온. 최대한 빠른 시일 내에 당신이 컴퓨터를 사용할 때 보조해줄 인공지능을 준비할 테니. 그러면 파르돔시하도 어느 정도 부담을 덜 수 있겠죠."

포르트제는 지구보다 인공지능 기술 수준이 월등히 뛰어나기 때문에 이미 학습용이나 지원용 인공지능이 널리 쓰이고 있다. 이를 활용하면 코타로와 같은 문외한도 그럭저럭 컴퓨터를 다룰 수 있을 터다. 학습 초기 단계의 시간 벌이로는 충분하고, 그 사이에 컴퓨터를 제대로 배우면 된다. 물론 『청기사』나 『으스름달』 같은 특수한 시스템 조작법은 클란이 인공지능에 학습시켜야 하기 때문에 다소 준비 시간이 필요했다.

"……."

"왜 그러시죠?"

"아니, 사실은 네 부담도 줄여야 할 것 같아서 말이지."

루스 외에도 하루미, 클란, 키리하. 그녀들이 하는 일은 너무나도 고차원적이라 다른 사람이 도와줄 수 없는 탓에 최근 들어 지속적으로 부담이 늘어나고 있다. 때문에 그녀들에게도 보조가 필요해서 가을에 인력이 충원되기만을 기다리는 형편이다. 그때까지는 코타로 일행이 간접적으로라도 도와줘야 한다. 코타로의 시선은 자연스레 그 세 사람 쪽으로 향했다. 세 명 모두 지금은 웃고 있지만, 그 이면에는 분명 고충이 많을 터였다.

—아니, 그뿐만이 아니지……. 사실은 사나에, 유리카, 티아. 아이카랑 카사기 씨도…….

코타로의 시선은 다른 소녀들에게도 향했다. 대체할 수 없다는 의미에서는 다른 소녀들도 마찬가지다. 그녀들의 부담도 줄여주어야 했다. 평범한 일상을, 보낼 수 있도록.

"어머나? 웬일로 기특한 소리를 다 하는군요?"
"바보야, 진지한 이야기를 하는 중이니—."
"이~~~얍!"
퍼억!
"뭐야?!"
그때였다. 코타로의 몸에 큰 충격이 가해졌다. 하지만 반사적으로 양손을 가까이 있던 책상에 대고 몸을 지탱한 덕분에 가까스로 넘어지지 않았다.
"아무것도 아냐~!"
충격의 주체는 사나에였다. 사나에가 코타로의 목에 양팔을 두르고 매달렸다. 그리고 그녀는 능숙하게 코타로의 몸을 기어올라서 억지로 등에 업혔다.
"야, 사나에. 갑자기 그러면 위험하잖아."
사나에가 코타로의 등에 기어오르는 것은 일상적인 일이다. 그래서 그것 자체는 화나지 않았지만, 하마터면 쓰러질 뻔했기 때문에 코타로는 짧게 불평했다. 하지만 사나에는 코타로가 항의해도 마냥 기분 좋아 보였다.
"에헤헤헤헤헤. 나는~ 필요한 것 같으면 즉시 해야겠다고 마음먹었거든~."
"필요해? 뭐가?"
"그건, 음…… 전부?"
"뭔 소리야. 무슨 의미인지 전혀 모르겠는데."

"의미가 그렇게 중요해~? 필요한 일을 하는 건데!"

사나에는 코타로를 끌어안고 있는 팔에 힘을 더 세게 주었다. 그러자 사나에의 빰이 코타로의 빰에 밀착되었다. 사나에의 감각으로는 이 행동이 필요했다. 그렇게 하는 이유도, 그 의미도 명확하진 않았다. 하지만 꼭 필요하다고 생각했기 때문에 행동으로 옮긴 것이었다.

"흐응……."

"헤에……."

"호오……."

그리고 사나에가 필요하다고 생각한 것은 다른 소녀들도 필요하다고 생각했다. 사나에가 눈에 보이는 형태로 보여준 덕분에 다른 소녀들도 필요하다는 사실을 이해하게 되었다. 그걸 깨닫지 못한 사람은 코타로 뿐. 덕분에 코타로는 이후 한동안 고생하게 되었다.

루스가 하니와들과 함께 회의실로 돌아오자마자 본 것은 코타로와 티아가 동시에 점프하는 모습이었다. 두 사람은 공중에서 몸의 방향을 틀어 날아 차기 자세를 잡았다. 코타로는 티아를, 티아는 코타로를 노리는 날아 차기. 그것이 싸움에 종지부를 찍기 위한 최후의 기술이었다.

“이 주변머리 없는 녀석 같으니라고오오오오오!”
“시끄러워, 이 절벽—.”
“각하.”
“—어라, 루스 씨?”
퍼억!
막판에 루스 쪽으로 한눈을 판 코타로는 티아의 발차기를 정통으로 맞고 회의실 바닥에 나동그라졌다. 이 싸움은 티아의 승리로 끝났다. 티아는 코타로를 발로 찬 반동을 이용해서 기세를 줄인 다음 우아하게 착지했다. 그와 동시에 쓰러진 코타로의 머리 위에 하니와들이 내려섰다.
『커다란 브라더의 패배다호—.』
『그런데 왜 싸웠냐호?』
“딱히 이유는 없어. 굳이 말하자면…… 심심해서?”
“그런 태도가 그대의 결점이니라. 뻔히 다 아는 주제에…….”
“그, 그나저나 루스 씨. 무슨 일이죠?”
재빨리 말을 바꾸는 코타로. 이대로 이 이야기를 계속하는 것은 그에게 매우 불리하게 작용한다. 하지만 루스가 돌아온 이유도 궁금했다. 평소에는 저녁식사 시간까지 다음 날 가르칠 컴퓨터 강좌 준비를 하기 때문이다.
“아참, 내 정신 좀 봐. 하니와 여러분!”
『호—! 큰일이다호—!』
『마구즈…… 카스미 라이가가 연락했다호!』

카스미 라이가는 대지의 백성 급진파를 이끌던 지도자다. 하지만 키리하를 위시한 온건파와의 싸움에서 패하여 지금은 그 지위를 박탈당하고 연금 상태로 처분을 기다리는 중이었다. 그런 라이가가 코타로 일행과 대화하기를 원했다. 지저에서 그 보고를 받은 하니와들은 RC 모형을 가지고 놀다가 헐레벌떡 『으스름달』을 찾아온 것이었다.

단칸방의 침략자!? 34
© Takehaya
illustration Poco
Originally published by HOBBY JAPAN
[NOT FOR SALE]

NOVEL

카스미 라이가

5월 30일 (월)

코타로 일행에게 마구즈— 카스미 라이가라는 이름이 갖는 무게는 절대 가볍지 않았다. 라이가는 대지의 백성 급진파의 리더이자 키리하를 위시한 온건파와 치열한 전쟁을 벌인 인물이다. 전쟁 자체는 작년에 마침표를 찍었지만, 코타로 일행은 여전히 그를 방심할 수 없는 적으로 인식하고 있었다.

“그 녀석은 지금 어떤 상황이야?”

코타로는 106호실의 다다미를 치우며 키리하에게 물었다. 현관에서 제일 가까운 다다미 밑에는 하니와들이 뚫은 터널이 있었는데, 그것이 지저 세계로 가는 최단 루트였다.

“지상의 개념으로 설명하자면, 구속돼서 재판을 기다리는 중이지.”

“그렇군. 다른 재판이 모두 끝나기 전까지는 주모자를 심판할 수 없겠지?”

솔직히 말해서 라이가에게 내려질 판결은 사실상 확정된 거나 다름없었다. 쿠데타의 주모자이므로 매우 높은 확률로 사형당하게 될 터였다. 하지만 라이가 이외의 다른 급진주의자들을 재판하려면 그의 증언이 필요했다. 라이가에게 자발적으로 협력한 사람과 강제로 가담할 수밖에 없었던 사람을 구분해야 하기 때문이다. 전자는 중죄이지만 후자는 오히려 피해자이니 똑같이 취급할 수는 없다. 그래서 라이가의 재판은 뒤로 미뤄지게 되었다.

“그렇지. 그리고 사건의 전모를 해명하기 위해서도 라이가의 증언이 필요해. 같은 일이 또다시 벌어지는 걸 막기 위해서라도 진상을 규명할 필요가 있다.”

라이가가 일으킨 사건이기 때문에 라이가만 아는 것이 있다. 사건의 수수께끼를 전부 풀기 위해서는 그 정보가 필요했다. 그런 의미에서도 당분간은 라이가를 살려둬야 했다.

“그 라이가 쪽에서 우리에게 연락을 하다니.”

“놀라운 일이지. 그래서 서두르는 거다. 좋은 일인지 나쁜 일인지는 몰라도, 중요한 일인 것은 분명하니까.”

푸쉬익—.

코타로는 레버를 조작해서 다다미 밑에 있던 해치를 열었다. 해치 너머로 콘크리트 통로가 보였다. 그것이 지저 세계와 이어진 터널이었다. 그리고 그곳에서 감도는 서늘한 공기가 106호실로 올라오는 것을 느꼈을 때, 코타로는 코토리와 나르파 쪽으로 시선을 돌렸다.

"킨이랑 나르파 씨는 여기에서 기다려. 두 사람이 이 일에 관여해서 좋을 일은 없으니까."

코타로는 코토리와 나르파를 제외한 열 명과 함께 지저로 향할 생각이었다. 코토리와 나르파는 이번 일과 어떠한 관련도 없기 때문이다. 두 사람이 함께 와 봤자 시간만 허비하게 될 뿐이다. 그러나 코토리는 납득할 수 없었다.

"그치만 코우 오빠, 코우 오빠도 사실은……."

코토리는 코타로가 걱정되었다. 그는 원래 이런 일을 할 만한 타입이 아니었다. 굳이 따지자면 코토리나 나르파 측 세계에 살아야 하는 사람이라고 생각했다. 이대로 가다가는 언젠가 돌이킬 수 없는 일이 일어나는 게 아닐까— 코토리는 그것이 걱정스러웠다.

"킨, 걱정해줘서 고마워. 하지만 이것도 내가 한 일의 결과 중 하나야. 그냥 내버려 둘 수는 없어."

대지의 백성들의 기원은 코타로가 시공간 너머로 날려보낸 막스판 휘하의 연금술사 일파다. 그곳에서 일어난 사건이라면 코타로에게도 책임이 있다. 그리고 그것을 키리하 혼자 짊어지게 할 수는 없었다.

"……코우 오빠……."

코타로가 영웅이 되었음을 알게 되었지만 코토리는 여전히 실감이 나지 않았다. 코타로가 특별히 변한 것 같지는 않았기 때문이다. 하지만 간혹 이렇게 코타로의 주변에는 건드릴 수 없는 영역이 나타났다. 코토리도 코타로의 마음속 깊은 곳에 들어갈 수 없는 영역이 있다는 것을 알고 있었다. 하지만 이건 달랐다. 원래 코토리가 들어가도 괜찮을 장소에, 들어가서는 안 되는 영역이 출현했다. 코토리는 그것이 못 견디게 답답했다.

"나르파 씨, 킨을 부탁해."

"레이오스 님…… 네, 무운을 빌어요!"

나르파는 포르트제 사람인 만큼 청기사 코타로가 문제 해결에 나서는 것에 의문을 품지 않았다— 바로 얼마 전까지는. 지금의 나르파는 코타로의 됨됨이를 가까이에서 지켜본 덕분에 코토리와 같은 의구심을 조금이나마 느끼게 되었다. 하지만 이 시점에서 그 감정은 마음 한구석에서 자그맣게 맺혀 있을 뿐, 표면으로 드러나지는 않았다. 결과적으로 나르파가 취한 행동은 코타로의 말을 솔직하게 받아들이면서 걱정스러운 눈빛을 보내는 정도였다.

"하하하. 아직 싸움이 확정된 건 아니라고!"

코타로는 뒤에 남은 두 사람에게 웃으며 조금의 망설임도 없이 지저 세계로 이어지는 터널로 뛰어들었다. 그 모습은 확실히 전설의 영웅답게 강인해 보였다. 하지만 그것이 코우 오빠로서 괜찮은 것인지, 코타로 님으로서 괜찮은 것인지 코토리와 나르파는 확신을 가질 수 없었다.

사나에는 타인의 감정을 영력의 파동으로 볼 수 있다. 그래서 코토리와 나르파가 무슨 생각을 하고 있는지 분명하게 파악했다. 하지만 두 사람을 데려갈 수 없는 이유도 알고 있었다. 그래서 사나에 치고는 조심스럽게 코타로에게 물어보았다.

"코토리랑 나르파도 데려가면 좋았을 텐데."

"2년 전이라면 그랬을지도 몰라. 그 시절에는 너희들이랑 투닥거리는 정도였으니까……."

과거에 코타로 일행은 서로 다투었지만, 목숨을 걸고 싸우지는 않았다. 클란과 마키는 다소 과격한 짓을 저지르긴 했지만, 그래도 최대한 눈에 띄지 않도록 대규모 공격은 피했다. 그러나 시간의 경과와 함께 싸우는 상대와 규모가 바뀌었다. 이제 그들이 상대하는 적들은 목적을 위해서라면 수단과 방법을 가리지 않고 누군가의 목숨을 빼앗으려 한다. 그러면 유학생인 나르파와 코타로의 소꿉친구인 코토리는 제일 유력한 표적이 될 터다. 지상에 남겨두고 포르트제와 포르사리아 사람들에게 지켜달라고 할 수밖에 없었다.

"……그러네. 괜한 소리 해서 미안."

"오늘은 웬일로 솔직하다?"

"안 된다는 건 알지만, 그 애들이 진심이었으니까."

"너도 조금은 어른스러워졌구나."

"2년이나 지났는데 당연하지. 가슴도 커졌거든?"

"그런 발상은 아직 어린애로군. ……아차, 잡담할 때가 아니지."

두 사람이 신경 쓰이긴 했지만, 느긋하게 잡담을 계속할 수는 없었다. 지금 우선해야 할 것은 라이가의 문제였다. 그 점은 사나에도 잘 알고 있었기 때문에 순순히 입을 다물었다.

"키리하 씨, 라이가가 반달리온파 잔당— 라르그윈 일파랑 손을 잡았을까?"

그것이 바로 코타로 일행이 서둘러 지저로 향하는 이유였다. 예상되는 상황 중에서 최악의 케이스는 라이가와 라르그윈이 손을 잡는 것이다. 라이가는 대화를 하고 싶다는 말만 전해왔기 때문에 아무래도 이 상황을 가정할 수밖에 없었다.

"그렇다고 하기에는 급진파가 너무 조용하긴 하지만…… 방심은 금물이지."

키리하는 심각한 표정으로 신음하듯 대답했다. 포르트제

의 내란보다는 규모가 훨씬 작지만, 라이가는 급진파를 이끌고 쿠데타를 일으켰다. 그리고 급진파 잔당의 주력은 해체됐으나, 포르트제처럼 소규모 잔당은 여전히 기승을 부렸다. 그래서 반달리온파 잔당과 급진파 잔당이 접촉하는 것을 위험하게 여긴 키리하는 급진파 잔당의 움직임을 예의주시하고 있었다. 키리하가 특히 경계한 것은 기술 부문으로, 반달리온파가 접촉을 시도할 것을 예상하고 대대적인 경계망을 펼쳐두었다. 하지만 이번에는 그 경계망에 아무것도 걸리지 않았다. 그 전에 라이가가 아버지 코우마를 통해서 연락을 보냈다. 평범하게 생각하면 라이가와 라르그윈 사이에는 연결고리가 없겠지만, 상대는 신중한 라르그윈이니 단순히 경계망을 뚫고 침투했을 가능성도 배제할 수 없었다. 대단히 골치 아픈 상황이었다.

“허나 라이가가 라르그윈과 손을 잡지 않았다고 가정한다면, 어째서 연락을 한 게지?”

그리고 티아가 지적한 점이 코타로 일행을 혼란스럽게 하는 문제였다. 라이가와 라르그윈이 협력 관계라면 이 연락은 십중팔구 함정일 것이다. 문제는 그 반대일 때인데, 양측이 협력 관계가 아니라면 라이가가 키리하에게 연락할 이유가 없다.

“코우마 할아범의 외아들이라서 쿠데타 전에는 자주 대화하곤 했지만…… 저쪽에서 보면 나는 적 그 자체야. 그때는 쿠데타 계획을 숨기기 위해 우호적인 가면을 썼을 뿐이고, 이제 와서 새삼 개인적으로 연락할 이유가 있다고 보긴 어려워."

키리하의 친가 쿠라노 가문은 온건파의 필두이며, 현재 대지의 백성을 이끌고 있는 족장 다이하는 키리하의 아버지이다. 그렇다면 라이가의 적은 현 족장 다이하와 차기 족장으로 점쳐지는 키리하이며, 실제로 지저에서 쿠데타를 일으켰을 때 역시나 두 사람을 노렸다. 라이가의 아버지인 코우마가 다이하의 심복인 관계로 키리하와 라이가는 면식이 있었고 종종 대화를 나누는 사이였다. 그러나 그것은 어디까지나 쿠데타 계획을 숨기기 위한 연막이었을 뿐, 지금 상황에서는 굳이 연락을 취할 필요가 없었다.

"그렇다면 생각할 수 있는 건 교묘한 함정, 아니면 협박 정도인데요……."

마키는 자기 입으로 그렇게 말하면서도 반신반의했다. 라르그윈이 키리하의 모든 경계망을 뚫고 라이가와 접촉한 후, 양자가 협력하여 함정이나 그에 버금가는 무언가를 준비해뒀다고 생각하기는 어려웠다. 뿐만 아니라 키리하의 경계망에는 영자력 기술도 쓰이기 때문에, 만약 라르그윈이 경계망을 뚫었다면 영자력 기술을 이미 손에 넣었다는 뜻이니 굳이 라이가와 협력할 필요가 없다.

"모르는 걸 백날 생각해봤자 머리만 아플 뿐이야. 얼른 라이가라는 사람을 만나보자고. 물론 적의 함정에 빠져서 공격당하게 될 거라는 전제하에 말이야."

최종적으로 시즈카의 이 제안이 코타로 일행의 행동 방침이 되었다. 모든 방어 수단을 강구한 후에 라이가와 대면하는 것— 보통 적이 아닌 까닭에 조심하지 않을 수 없었다.

코타로는 카스미 코우마와 면식이 있었다. 11년 전 세계에서 한 번. 그리고 작년 쿠데타 이후에도 여러 번 만났다. 쿠데타 당시 코우마의 우울함은 이루 말할 수 없을 정도였다. 아들이 주모자였으니 어쩔 수 없었을 것이다. 그때는 병에 걸린 것이 아닌가 싶을 정도로 야위어 있었다. 하지만 지금의 코우마는 그렇지 않았다. 아무리 그래도 11년 전만큼은 아니었지만, 나이에 걸맞은 건강한 모습으로 코타로 일행 앞에 모습을 드러냈다.

"코우마 할아범!"

"키리하 님, 어서 오십시오!"

그리고 키리하의 얼굴을 보자 코우마의 표정이 밝게 빛났다. 오랫동안 키리하를 돌봐 온 코우마의 시선에서는 손녀를 보는 듯한 따스한 온기가 느껴졌다. 그리고 그것은 키리하도 물론 마찬가지였다.

"할아범, 역시 살이 좀 쪘는걸?"

"농담도. 키리하 님께서 대지의 백성 탄생의 비밀을 푸신 덕분에 이 늙은이는 살찔 겨를이 없답니다."

"그랬지 참. 고생이 많아."

키리하에게도 코우마는 친할아버지나 다름없었다. 믿을 수 있는 보호자인 동시에 지도자의 길을 제시해준 스승이기도 했다. 키리하의 삶에서 코타로와 다이하만큼이나 소중한 존재였기 때문에, 그녀가 그를 보며 짓는 미소는 역시나 특별했다.

"코타로 님, 티어밀리스 님. 늘 저희 아가씨를 도와주셔서 감사합니다. 다른 분들도 그간 강녕하셨는지요."

"안녕하세요, 코우마 씨."

"그대도 건강히 잘 지냈는가, 노인장."

키리하와 인사를 마친 코우마는 코타로 일행에게 다가가 고개를 숙였다. 코타로와 소녀들도 코우마에게 고개를 숙였다. 지저 결전 이후로 코우마와는 자주 만나게 되었다. 그리고 포르트제가 지구와 국교를 맺은 뒤로는 앞으로의 일을 결정하기 위해서 만나는 빈도가 더욱 늘어났다. 코타로와 티아는 주에 한 번은 그와 연락하는 사이였다.

"코우마 씨. 재촉하는 것 같아서 죄송하지만, 연락주신 건에 관해서……."

"그렇군요. 즐거운 이야기는 나중에 하도록 할까요."

코우마는 코타로를 만날 때마다 키리하를 언제 아내로 맞이할 거냐고 닦달한다. 하지만 이번에는 그 얘기는 뒤로 미루고 바로 본론으로 들어갔다. 코우마의 얼굴은 어느 때보다 진지했다.

"여러분, 이쪽으로 오십시오."

코우마는 앞장서서 자신의 저택으로 들어갔다. 카스미 가문은 대대로 쿠라노 가문을 섬겨 온 명문가라서 저택도 그에 걸맞게 으리으리한 일본식 건물이었다. 그리고 역사가 긴 저택인 만큼 좋은 시절도 나쁜 시절도 겪어왔기에 저택 지하에는 감옥이 있었다. 라이가는 지금 그곳에 연금되어 있었다.

"실은 저도 자세한 이야기는 듣지 못했습니다. 라이가는 여러분과 대화하고 싶다는 말만 했거든요. 하지만 라이가가 저지른 일을 생각하면 무시할 수도 없는 노릇이지요. 그래서 키리하 님께 연락을 드린 겁니다."

"할아범의 판단은 틀리지 않았어. 대지의 백성과 포르트제, 양측의 급진파가 손을 잡는 게 가장 무서운 전개이니까."

코우마는 자초지종을 이야기하며 저택 복도를 걸어갔다. 워낙 넓은 저택이라서 편백나무 목재로 만든 복도의 모퉁이를 세 번 돌고 나서야 드디어 지하로 내려가는 계단에 도착했다. 카스미 가문 저택도 무가 저택 특유의 구조로 지어져 있어서 중요한 시설에는 쉽게 접근할 수 없게 되어 있었다.

"……여러분, 여기서부터는 절대 방심하지 마십시오."

라이가는 쿠데타를 일으켰지만 코우마의 아들이란 점은 변함이 없다. 그러나 키리하와 코타로에게는 위험한 적이다. 그래서 코우마는 이렇게 말할 수밖에 없는 현실이 가슴 아팠지만, 가족의 정 때문에 대지의 백성 전체를 위험에 빠뜨릴 수는 없었다.

"다들 부탁할게."

코타로가 신호를 보내자 소녀들은 예정대로 방어 태세에 들어갔다. 무인기와 하니와들, 각종 마법과 사나에의 영능력으로 색적과 방어를 준비했다. 한 명의 인간을 만나기 위한 준비로는 과하다 싶을 정도였지만, 아무 일도 없다면 웃어넘기면 그만이다. 그러나 반대의 결과라면 웃을 수 없다. 그렇기 때문에 필요한 조치였다.

"……준비됐어요, 사토미 군."

맨 마지막에 준비를 마친 사람은 하루미였다. 그녀가 구사하는 고대어 마법은 상황에 맞춰서 세심하게 조정할 수 있지만, 그만큼 주문을 영창하는 시간이 길다. 그런 그녀가 마지막으로 발동한 마법은 저택 내 모든 금속의 이동을 감지하는 마법으로, 습격자가 이 마법을 뚫고 침입할 가능성은 극히 낮았다.

"좋아…… 가시죠, 코우마 씨."

"그럼, 이쪽으로……."

코우마는 한층 긴장된 표정으로 앞장서서 계단을 내려갔다. 쿠데타를 일으킨 아들의 의중을 파악할 수 없었다. 심지어 그에게 키리하를 데리고 가야만 했다. 코우마에게 이토록 긴장되는 상황은 달리 없을 것이다. 코타로 일행은 그런 코우마 뒤를 따라갔다. 코우마의 긴장이 전염됐는지 코타로 일행도 바짝 긴장하고 있었다.

카스미 가문의 감옥은 간소했다. 지은 지 100년 이상 된 것으로 보이는 석조 감옥은, 낡았지만 튼튼한 나무 격자로 격리되어 있었다. 감옥 내부에는 다다미가 깔려 있었고, 제일 안쪽에는 최근에 다시 만든 것으로 추정되는 일체형 욕실이 보였다. 시대에 맞게 손을 본, 지상의 교도소와 큰 차이 없는 시설이라고 할 수 있었다. 라이가는 그런 감옥 중앙에서 정좌하고 있었다.

"오셨군요, 쿠라노의 영애."

"오랜만이군, 라이가."

라이가와 키리하는 나무 격자를 사이에 두고 마주 보았다. 쿠데타 이후 키리하와 라이가가 직접 만나는 것은 이번이 처음이다. 라이가의 재판이 시작되면 얼굴을 맞댈 일도 있겠지만 아직 그 상황까지는 이르지 않았다. 아마도 아직 1

년 이상의 유예가 있을 터였다.

"그대가 어떤 얼굴로 기다리고 있을지 궁금했는데, 예전과 다름없어 보이는군."

"패배하면 사형당할 각오로 병사를 일으켰습니다. 변하지 않는 게 당연하죠."

"하지만 그렇기에 당황스러워. 왜 그대가 우리와 대화하길 바란 것인지."

"이해합니다. 저는 쿠데타의 주모자이니까요."

라이가는 어딘지 모르게 즐거워 보였다. 온화한 말투를 쓰는 것도 그런 인상을 한층 강하게 만들었다. 연금 상태라 평소에는 다른 사람과 대화할 기회가 없는 탓도 있겠지만, 가장 큰 이유는 자신이 키리하 일행을 부른 것 자체에 있었다. 라이가도 자신이 이런 행동을 하리라고는 예상치 못했다. 왜냐하면 그에게 있어 키리하 일행은 가증스러운 적이기 때문이다.

"하지만 같은 하늘 아래에서 살 수 없는 적이기에 당신들을 부른 겁니다."

"무슨 뜻이지?"

"실은 포르트제인이 우리 진영과 접촉을 시도했습니다. 면회자가 비밀리에 알려주었죠."

"포르트제인?!"

라이가의 말을 듣고 코타로는 반사적으로 몸에 힘을 주었다. 라이가가 말하는 『우리 진영』이란 급진파 잔당이 틀림없을 터였다. 티아 일행과는 접촉한 적이 없으니 당연히 그런 결론이 나왔다.

"진정하시죠. 그럴 생각이었다면 진작에 공격했을 겁니다."

그러나 라이가가 보인 반응은 코타로의 예상과 달랐다. 라이가의 표정은 처음과 마찬가지로 온화했다. 그것이야말로 마구즈가 아닌 카스미 라이가의 본모습일지도 모른다.

"그럼 무슨 일로 우리를 부른 거지?"

키리하는 코타로만큼 큰 반응을 보이진 않았지만 눈빛만큼은 매서웠다. 라이가의 대답 여하에 따라서는 무력행사도 불사할 각오였다.

"당신들과 협력하고 싶습니다. 구체적으로는 제가 정보를 제공할 테니 그들을 물리쳐 주셨으면 좋겠군요."

"뭐라고?!"

하지만 결국 라이가의 말은 키리하의 상상을 뛰어넘었다. 키리하는 코타로처럼 표정을 크게 일그러뜨리며 놀라움의 크기를 드러냈다.

"……그렇게 말해도, 우리가 그대를 쉽게 믿을 수 없다는 건 잘 알 텐데?"

하지만 키리하는 이내 평정심을 되찾았다. 그녀의 눈동자에는 힘이 돌아왔고, 날카로운 눈빛이 라이가에게 꽂혔다. 그러나 평정심을 되찾기는 했지만, 라이가의 의도는 헤아릴 수 없었다.

"물론이죠. 사실 저는 지금도 여전히 지상을 지배하겠다는 이상을 버리지 않았습니다. 하지만 그렇기 때문에 포르트제의 개입을 인정할 수 없어요."

카스미 라이가는 지금도 우월한 자에 의한 보다 나은 지배라는 사상을 간직하고 있다. 우월한 대지의 백성들이 지상을 지배해야 한다고 생각하는 것이다. 하지만 반달리온파 잔당과의 협력은 그 이상을 실현하기 위한 수단이 될 수 없다고 생각했기 때문에 라이가는 키리하 일행에게 연락을 취한 것이었다.

"포르트제도 충분히 우월하다고 할 수 있을 텐데."

"네, 그들의 전투력은 충분히 뛰어나죠. 하지만 지도자로서의 힘이 뛰어나다고 생각하지는 않습니다."

라이가의 이상을 깊이 파고들면 힘 있는 자가 힘없는 자를 인도한다는 생각으로 귀결된다. 하지만 라이가가 말하는 힘에는 뛰어난 통찰력과 지도력까지 포함되어 있었다. 그리고 반달리온파 잔당들에게서는 그게 느껴지지 않았다. 그것이 라이가가 그들과 손잡지 않은 이유였다.

"어째서 그렇게 생각하는가?"

"우리 세력이 거의 괴멸됐기 때문이죠. 1년 전처럼 만반의 준비를 갖춘 우리와 접촉을 시도한 거라면 몰라도, 현재의 우리에게 손을 내미는 게 과연 어떤 의미일지— 아마도, 잘

해야 대혼란과 학살로 끝날 테지요."

반달리온파 잔당에게는 장래의 비전이 없다― 라이가는 그렇게 느꼈다. 라이가 등 급진파와 접촉해서 상호 협력하는 것까지는 괜찮을 것이다. 그러나 반달리온파 잔당들이 그다음 단계를 생각하는 것 같지는 않았다. 왜냐하면 급진파에게는 예전의 힘이 없기 때문이다. 그들이 그 사실을 알든 모르든, 어차피 장래를 생각하지 않는다는 뜻이었다.

"……그게 녀석들의 목적이겠지."

키리하도 라이가의 말에 동감했다. 반달리온파 잔당의 목적은 현 포르트제 정치 체제의 붕괴. 그리고 코타로와 황가에 대한 복수. 그 이상의 무언가를 생각하는 것 같지는 않았다. 항상 미래를 보고 있던 에우렉시스와 배치되는 적이었다.

"그렇다면 더더욱 그들과 손잡을 수 없지요. 우리의 목표는 어디까지나 지배. 파괴와 혼란으로 끝나면 곤란합니다."

파괴와 혼란은 과정이지 목적이 아니다. 라이가는 더 나은 지배를 원하기 때문에 파괴와 혼란을 통해서 새로운 지배의 구도를 만들어야 한다. 따라서 지배의 구도를 만들 수 없을 정도의 파괴와 혼란이 일어나서는 안 된다. 그리고 포르트제의 기술력은 쉽게 그렇게 할 수 있는 수준이었다.

"게다가 대지의 백성의 규모를 생각했을 때, 그들을 억지할 수단이 없으면 전투 과정에서 공격받아 위기에 처하게 될 겁니다.”

“이제 어스 드래곤은 없으니, 말이지…….”

또 다른 우려 사항은 역시 대지의 백성이 소수 민족이라는 점이었다. 지상 측에서 인해 전술로 공격해 오면 아무리 뛰어난 무기를 보유하고 있어도 결국 힘이 다하게 된다. 지저로 침공하는 것을 막아줄 억지력이라도 있으면 좋겠지만, 이를 가능케 하는 광역 파괴 병기는 이미 소실됐다. 대지의 백성들의 파멸은 필연적이었다.

“승리할 가능성이 전무한데, 아무리 저라고 해도 대지의 백성을 위험에 빠뜨릴 수는 없지요.”

대지의 백성이 지상을 지배해야 한다는 생각의 뿌리는 대지의 백성을 사랑하는 마음이다. 승산이 어느 정도 있다면 모를까, 아예 없는 상태에서는 라이가도 대지의 백성의 존망을 걸고 싸울 생각은 없었다. 무의미하게 멸망시키려는 게 아니니까.

“흐음. 그 일 이후로…… 조금 변한 것 같군, 카스미 라이가.”

여기서 키리하의 눈빛이 약간 부드러워졌다. 라이가는 위험한 상대였지만, 지금 당장 싸우게 될 일은 없을 것 같다—키리하는 그렇게 느꼈다.

“타유마의 최후를 보고 나니 여러모로 생각하게 되더군요.”

우월한 자의 더 나은 지배. 지금도 라이가는 그 생각이 옳다고 믿고 있다. 그러나 힘에 삼켜진 타유마의 모습은 라

이가의 사고방식에도 다소 영향을 미쳤다. 타유마는 아군 병사들을 짓밟았고, 병사들은 이형으로 변한 타유마를 거부했다. 그래서 지금의 라이가는 우월한 자라고 해서 무슨 짓을 해도 되는 것은 아니다— 그렇게 생각하게 되었다.

"그리고 당신들은 우리를 이겼어요. 그렇다면 당신들에게 지배를 맡겨도 상관없겠죠."

그리고 무엇보다도, 결과적으로 온건파는 급진파를 격퇴했다. 그것은 곧 그들이 충분한 힘을 가지고 있다는 뜻이다. 그래서 라이가는 자신의 신념에 따라 온건파의 지배를 받아들여야 한다고 생각했다. 가벼운 마음으로 일으킨 반란이 아니었다. 그렇기에 이대로라면 사형당하게 되리라는 것을 알면서도 반달리온파 잔당의 협력 제의를 받아들이지 않았다. 받아들였다면 살아남을 수 있었을 텐데도.

"……그대의 사상은 그렇다 치더라도, 대지의 백성에 대한 자긍심과 애정은 믿도록 하지."

라이가의 사상은 위험했다. 지금의 라이가는 예전보다 더욱 당당하고 깨끗하기 때문에 위험도가 특히 더 높아졌다. 들판에 풀어놓으면 예전보다 더욱 강력한 세력을 만들어서 재차 지상 침략을 시도하리라. 하지만 그래도 대지의 백성에 대한 자긍심과 애정은 진짜였다. 그것만은 키리하도 인정하지 않을 수 없었다.

"승자는 여러분입니다. 무슨 수를 써서라도 우리의 고향을 지키십시오, 쿠라노 키리하."

"협조해 줘서 고맙다. 자세한 이야기를 들려주길 바란다."

라이가로서도 이것은 고육지책이었다. 승자라고는 하나 키리하 일행은 불구대천의 적이다. 하지만 그럼에도 불구하고 키리하 일행의 힘이 없으면 대지의 백성은 싸움에 휘말려서 무의미하게 죽어갈 것이다. 그런 참상을 피하기 위해서 필요하다고 생각했기 때문에, 라이가는 키리하 일행에게 반발하는 개인적인 감정을 억누르고 입을 열었다.

불씨를 쫓아서

5월 30일 (월)

라이가는 재판을 기다리며 연금되어 있기 때문에 현재는 급진파 잔당을 직접 이끌고 있지는 않다. 같은 이유에서 최신 정보를 접할 수 있는 것도 아니다. 그래서 라이가는 현 급진파 잔당들이 무엇을 꾸미고 있는지 제대로 파악하고 있진 않았다. 간혹 급진파 잔당 측에서 몇몇 사람을 거쳐 면회 시에 현황을 보고하는 정도였으며, 그 내용도 구체적이지는 않았다.

"뭐, 아무래도 감옥에 갇혀 있으니까 말이죠."

"그래도 그런 그대와 보조를 맞추겠다는 마음가짐이 잔당을 지탱하고 있는 거다. 그들에게도 접촉은 필요한 것이겠지."

라이가는 자신을 마구즈라고 칭하며 급진파를 이끌고 전쟁을 일으켰다. 라이가의 뛰어난 두뇌가 급진파가 나아가야 할 길을 제시했으며, 또한 그는 급진파의 정신적 지주이기도 했다. 덕분에 라이가의 영향력은 여전히 컸다. 그래서 급진파는 라이가를 완전히 무시하고 행동할 수 없었기 때문에, 연금 중이라 직접 대화할 수 없는 상황에서도 대략적인 활동 보고는 게을리 하지 않았다. 그런 식으로 라이가를 존중함으로써 조직을 하나로 묶을 수 있었던 것이다.

"그런 와중에 지상의 기업이 접선을 시도했다는 얘기를 전해왔습니다."

"우리가 파악하고 있는 건 벨 테슬라 일렉트로닉스까지다. 그 뒤에 누군가가 있을 거라고 추측하고 있지만, 확증은 없어."

"벨 테슬라…… 제게도 회사 이름까지 밝히지는 않았습니다만, 얘기를 들어 보니 근래 들어 일본에 진출한 외국계 기업은 아닌 것 같더군요."

"……그들은 구식 영자력 기술을 보유하고 있었으니 창업 시기는 그 기술이 개발된 시기 이전일지도 몰라. 어느 정도 신빙성은 있다고 생각해도 무방하겠지."

라이가는 연금 중이기 때문에 급진파 잔당이 그를 직접 만나서 대화를 나눌 수는 없었다. 그래서 급진파 잔당에 대해 긍정적인 생각을 갖고 있으면서 반란에는 직접 참여하지 않았던 사람들 몇 명을 경유하는 방식으로 라이가에게 정보를 전달하고 있었다. 그러다 보니 정보가 유출될 가능성이 있어서 핵심적인 정보는 숨겨두었다. 라이가에게 기업 이름을 밝히지 않은 것도 그런 이유에서였다.

"급진파는 현재 그 기업의 지원을 받아 새로운 거점을 준비하고 있는 모양입니다."

"이미 그렇게까지 진척된 건가……. 이쪽의 경계망에 걸리지 않을 만하군."

키리하도 반달리온파 잔당의 목적이 대지의 백성이나 포르사리아의 반체제 세력과 접촉하는 것임을 진작부터 알고 있었다. 그래서 일찌감치 경계망을 구축했지만 라르그윈 일당의 움직임이 훨씬 빨랐다. 하지만 이것은 키리하가 실수했다기보다는 라르그윈 일당의 운이 좋았다고 해야 하리라. 라르그윈은 우주선을 자폭시켜서 눈에 띄는 기업을 찾아내는 수법을 썼는데, 이때 유력한 기업을 일찌감치 끌어들였다. 결과적으로 키리하가 경계망을 다 펼치기도 전에 라르그윈 일당은 밖으로 빠져나간 것이다.

"저는 그 일에 대해서 별다른 의견을 내놓지 않았습니다. 판단에 필요한 정보가 부족했기 때문이죠. 그리고 개인적인 정보망을 이용해서 정보를 수집한 결과, 내버려 두는 것은 위험성이 높다고 판단했습니다."

"무서운 얘기로군. 만약에 위험성이 낮다고 판단했다면, 그대는 다시 반란을 일으켰겠지?"

"아니요. 어쨌거나 저는 이곳을 벗어나지 않았을 겁니다. 제가 한 일에 대한 책임은 져야 하니까요."

"즉…… 우리가 꼬리를 잡을 가능성이 높았다면 침묵을 지켰을 거라는 뜻인가."

"그렇게 되겠군요. 하지만 이렇게 할 수밖에 없을 정도로 그들의 움직임이 빨랐습니다."

라르그윈의 목적이 파괴와 혼란이 아니었다면, 라이가도 탈옥까지 하진 않을지언정 조언을 해주는 등 협력할 여지는 있었다. 또한 라르그윈의 행동이 조금만 더 늦었어도 — 우주선 자폭으로 조력자를 제때 찾지 못했을 경우 등 — 그들에게 승산이 없다고 판단해서 키리하에게 맡겼을 것이다. 그러나 어느 쪽도 아니었기 때문에 라이가는 키리하에게 연락했다. 이대로라면 라르그윈의 파괴와 혼란에 휘말려 대지의 백성이 멸망할 수도 있다고 생각했기 때문이었다.

"결과적으로 예전의 동료를 배신하는 게 될 텐데, 무거운 결정을 했군."

"확실히…… 마음이 아프지 않다고 하면 거짓말이겠죠. 하지만 그렇다고 승산이 보이지 않는 상황에서 대지의 백성들의 존망을 걸 수는 없잖습니까?"

라이가는 그렇게 대답하며 옅게 웃었다. 그 역시 함께 사선을 넘나들었던 동료들을 배신하는 것은 가슴 아팠다. 그러나 연금 중인 그에게 들어오는 정보에는 불확실한 점이 많았고, 그렇다고 직접 지휘할 수 있는 상황도 아니었기 때문에 다른 방법이 없었다. 그로서는 적어도 어느 정도 승산이 보이는 상황이 아니라면 대지의 백성들을 위험에 빠뜨릴 수 없었다.

"그렇군. 그렇다면 더 얘기하진 않으마."

"……제쪽에서 면회인을 역추적해서 어떤 루트로 정보가 들어왔는지 파악했습니다. 정보 출처는 우라가 토우시. 대외적으로는 중도 우파로 알려진 사내죠."

"우라가…… 그 남자가……."

우라가는 온건파와도 급진파와도 거리를 두었던 인물이다. 그는 누가 맞든지 간에 성급하게 결론을 내려서는 안 된다고 꾸준히 주장해왔다. 하지만 그것은 겉으로 드러난 모습일 뿐, 뒤에서는 급진파와 협력하고 있었다. 그리고 라이가의 반란이 실패한 지금에야 행동하기 시작한 것이다.

코타로 일행의 목적은 라르그윈의 체포와 그가 이끄는 부대의 무력화. 그와 동급으로 중요한 목적은 영자력 기술과 마법이 유출되는 것을 막는 것이었다. 지구든 포르트제든 그런 이질적인 기술이 한꺼번에 유출되면 사회가 불안정해진다. 일부가 독점한 기술로 인해 경제가 흔들리고, 동시에 일반적인 수단으로는 막을 수 없는 범죄와 테러가 빈발하게 된다. 유출을 계기로 무서운 사태로 발전하게 될 터였다.

하지만 영원히 유출을 막는 것은 불가능하므로 시간을 두고 단계적으로 기술을 제공해서 사회에 미치는 영향을 최소화하겠다는 것이 엘파리아의 방침이었다. 요컨대 이질적인 기술이 편중되어 존재하는 상황을 피하고 싶다는 뜻이었다. 이 부분은 포르트제의 과학 기술을 한꺼번에 지구로 유출하고 싶지 않은 것과 같은 맥락이었다.

"그렇다면 우선 우라가라는 사람의 동향을 추적해서 급진파 잔당의 새로운 거점을 찾아야겠네요."

하루미는 이제까지 한 이야기를 정리하며 그렇게 말했다. 코타로 일행은 라이가와 대화를 마친 후 저택의 응접실로 이동했다. 그곳에서 앞으로의 방침에 대해 논의하는 중이었다.

"그게 좋겠지. 키리하가 경계하는 이상, 급진파 잔당도 기존의 공장에서 라르그윈에게 제공할 무기를 만들 수는 없을 게야. 소규모라도 독립적인 생산 라인이 필요할 테지. 새로운 거점이라는 곳이 이를 위한 시설일 가능성이 높겠군."

티아도 하루미의 말에 동의했다. 우라가라는 남자에게서 정보를 얻어낼 방법으로는 그를 잡아서 심문하거나, 그의 컴퓨터와 소지품을 조사하는 등 여러 가지가 있다. 하루미의 제안은 그중에서 가장 리스크가 적은 방법으로, 멀리서 뒤를 밟으며 그가 들르는 곳을 조사는 것이었다. 다행히 코타로 일행은 마법을 사용할 수 있기 때문에, 영자력 기술을 다루는 대지의 백성을 상대로도 충분히 가능한 일이었다. 현재로서는 우라가 외에 다른 실마리가 없는 상황이니 잡아서 심문하는 등 위험부담이 큰 방법은 뒤로 미루고 싶었다. 또한 티아 말마따나 거점=공장일 가능성이 높았으니 우라가의 경유지를 캐보면 물자의 흐름을 추적할 수 있을지도 모른다. 그렇게 토론을 거친 결과, 일단은 우라가가 마음대로 움직이게 두자는 방향으로 의견이 모였다.

"영자력 기술을 무기로 활용하려면 영력 컨버터나 콘덴서에 쓸 소재가 대량으로 필요하니까, 그런 분야를 담당하는 일족과 접촉할지도 몰라."

코타로도 하루미와 티아의 의견에 동의했다. 영자력 기술을 다룰 때는 반드시 필요한 특수한 소재가 있다. 대지의 백성 내에서 그런 소재의 생산을 담당하는 일족은 그리 많지 않다. 우라가가 경유한 곳에서부터 범위를 좁혀나가는 것은 가능할 것 같았다.

"나도 그렇게 생각한다. 그렇다면 추적을 담당할 멤버가 중요한데……."

키리하는 코타로의 말에 고개를 끄덕이며 동료들의 얼굴을 차례로 바라보았다. 키리하는 어떤 조합이 가장 적합할지 빠른 속도로 검토하기 시작했다.

"저요, 저요~! 내가 할래! 해보고 싶어, 스파이 대작전!"

이때 힘차게 손을 든 사람은 사나에였다. 다소 불성실해 보이지만 의욕은 누구보다 강했다.

"안 돼, 사나에."

하지만 코타로는 고개를 저었다. 그러자 사나에는 뺨을 부풀리며 불평했다.

"아, 왜~! 나도 할 때는 제대로 한다구!"

사나에의 불성실한 모습은 어디까지나 표면적인 것에 불과했다. 그녀도 지금이 어떤 상황인지는 똑똑히 알고 있었다. 모두가 곤란한 상황이니까 내 힘으로 도와줘야겠다— 그런 의욕이 드러났을 뿐이다.

"오해하지 마, 사나에. 널 못 믿어서 그러는 게 아냐."

"그럼 왜~?"

"상대가 안 좋아. 네가 힘을 쓰면 순식간에 들킬걸? 하니와들이 잔뜩 있는 곳에 가게 될 테니까."

『호— 사나에는 눈에 띈다호—.』

『파워가 너무 세다호—.』

코타로도 사나에를 못 믿는 것은 아니었다. 이번에는 순전히 상성이 너무 안 좋았다. 영자력 기술은 사나에를 쉽게 감지할 수 있을 터였다. 사나에는 신경 써서 억누르지 않으면 단박에 알아차릴 수 정도로 강한 영력을 발산하고 있기 때문이었다.

"나중에 꼭 활약하게 해줄게. 이번엔 다른 사람들을 응원

해줘."

"힝…… 약속한 거다?"

"그래, 그래. 걱정하지 마."

"그럼 됐어."

사나에도 그런 사유라면 납득할 수 있었기 때문에 어쩔 수 없이 물러섰다. 사나에의 예를 통해서 알 수 있듯이 기본적으로 영력이 강한 멤버는 투입하기 힘든 상황이었다. 사나에의 영향으로 항상 영력이 강한 코타로. 아르나이아의 영향으로 생명력이 강해지면서 영력도 함께 강해진 시즈카 등이 그랬다.

"흠, 그러면…… 남는 건 하루미와 루스 정도로군."

보통 추적 및 잠입 작전 등은 마키가 활약할 무대이지만, 이번에는 마키가 신체 능력도 뛰어나다는 점이 역효과를 내고 말았다. 신체 능력이 뛰어나기에 영력도 강한 탓이었다. 그렇다면 남은 마법사는 하루미와 유리카이니 필연적으로 종합적인 능력이 뛰어난 하루미를 선택하게 된다.

루스가 필요한 이유는 기계 조종의 전문가이기 때문이다. 영자력 기술은 생물 대상으로는 대단히 강력하지만, 기계 장치에는 그다지 큰 힘을 발휘하지 못한다. 그리고 루스가 다루는 로봇은 순수한 기계라서 영력 감시망에 걸리지 않는 까닭에 은밀성이 중요한 이번 작전의 적임자라 할 수 있었다. 물론 사나에만큼 능력이 강하면 반대로 『영력이 존재하지 않는 공간이 움직이고 있다』는 것을 감지할 수 있으나, 군용 등급 장치 중에도 그렇게 성능이 뛰어난 것은 없었다. 덧붙여서 이번 작전에 필요한 능력은 클란에게도 있었지만, 유감스럽게도 그녀는 신체 능력이 너무 약했다. 처음부터 클란의 이름은 후보에 오르지 않았다.

"잠깐만, 나도 갈게."

코타로는 키리하의 의중을 파악했다. 이 상황에서는 분명 두 사람만한 적임자가 없었다. 하지만 하루미와 루스는 전투 능력이 다소 불안한 편이었다. 둘 다 앞으로 나서서 싸우는 타입이 아니다 보니 적이 힘으로 밀어붙이면 곤경에 처할 터였다. 그런 약점을 보완하기 위해 전위를 맡아 싸울 사람이 필요하다는 것이 코타로의 생각이었다. 뿐만 아니라 루스가 저격당한 직후이기도 했기에 코타로는 걱정하지 않을 수가 없었다.

"그 심정을 모르는 건 아니다만, 그대를 보내느니 차라리 하루미와 마키를 교체하겠다. 하지만 그것마저도 피하고 싶은 상황이야."

키리하는 고개를 가로저었다. 추적과 미행은 인원이 늘어날수록 상대에게 발각될 위험성이 높아진다. 이런 상황에서 차선책은 코타로를 호위하는 것이 아니라, 근접전에도 능한 마키를 하루미와 교체하는 것이다. 그러나 애초에 전투가 벌어지는 상황은 작전의 실패를 의미한다. 그리고 실패 확률이 제일 낮은 인선은 항상 신중한 하루미와 루스 페어였다.

"하지만……."

"믿고 기다려주세요, 각하. 임무를 완수하고 무사히 돌아오겠습니다."

코타로는 다시 반박하려 했지만 루스의 미소가 그 말을 가로막았다. 그리고 이때 루스가 한 말은 이제껏 코타로 자신이 숱하게 해왔던 말이었다. 그래서 코타로는 차마 반대할 수가 없었다.

"후후후. 사토미 군, 우린 항상 그런 마음으로 당신이 돌아오기를 기다리고 있답니다?"

하루미의 이 말이 결정타였다. 남겨지는 이의 마음은 항상 그런 법— 그 말을 듣고서 코타로는 대꾸할 말이 없었다.

"사쿠라바 선배, 루스 씨…… 부디 조심하세요."

코타로가 할 수 있는 말은 그게 다였다. 두 사람이 하는 말은 정론이었다. 그녀들이 계속 겪어온 일을 자기만 싫다고 억지를 부릴 수는 없었다.

"걱정하지 마세요. 각하께서 거느린 기사단은 우주에서 제일 강하니까요."

"정 위험하다 싶으면 검의 힘으로 도망치면 돼요. 도망치는 것에만 힘을 집중하면 문제없이 도망칠 수 있을 거예요."

싸움의 양상이 달라진 탓에 걱정되는 문제가 많았다. 하지만 그녀들이 지금까지 자신을 믿어준 것처럼, 자신이 그녀들을 믿는 것도 중요하다— 코타로는 그렇게 자기 자신을 타이르며 그녀들을 보내기로 했다.

하루미는 신중함과 마법의 힘을 겸비했기 때문에 추적조로 선발됐지만 그 외에 또 다른 이유가 하나 더 있었다. 바로 그녀가 고대어 마법을 다룬다는 점이었다.

『내 안에서 나오너라, 정신의 정령, 생명의 정령! 별의 물레, 달의 베틀로써 하나로 엮이어 신비의 베일로 태어나거라! 덮어라! 성월의 비단!』

유리카나 마키가 사용하는 현대어 마법에는 영력을 숨기는 마법이 있다. 하지만 그것은 전용 마법이 아니라 예상치 못한 부작용으로 영력을 숨기는 효과를 갖게 됐을 뿐이다. 반면에 하루미가 사용하는 고대어 마법은 모두 하루미의 즉흥적인 발상으로 구현되기 때문에 영력 자체를 직접 숨기는 마법을 구사할 수 있다. 덕분에 현대어 마법보다 좀 더 효과적으로 영력을 숨길 수 있었다.

"하니와 여러분, 어떤가요?"

『훌륭하다호—! 이 거리에서도 클래스II—군사용 센서에 미량의 영력밖에 안 잡힌다호—!』

『이 정도면 거리만 잘 두면 들킬 일은 없을 거다호—! 대단하다호—!』

하루미는 상황을 고려해서 우선 장시간 영력을 숨기는 마법을 사용했다. 지속 시간을 우선하다 보니 약간 영력이 누출되긴 했지만, 센서와 거리를 두면 되기에 큰 문제는 아니었다. 그리고 상황에 따라 지속 시간은 짧지만 영력을 완전히 숨기는 마법을 병용하면 된다. 이처럼 탄력적으로 운용할 수 있다는 게 고대어 마법의 강점이었다.

"열광학 위장 기능 작동. 타깃 록 온, 패턴 14B로 자동 추적 개시."

『명령을 따르겠습니다, 마이 레이디.』

그리고 루스는 근처에 대기 시켜두었던 소형 무인 전투기를 발진시켰다. 이 기체는 루스가 평소에 사용하는 것보다 크기가 작고 기능도 다소 떨어지지만, 적의 감시에 잘 걸리지 않고 추적 성능은 거의 동급이다. 전투 능력과 기동성을 포기하는 대신에 추적과 정찰 성능에 특화한 타입이었다. 이 무인기로 표적, 즉 우라가를 감시하고 거리를 유지한 채 루스와 하루미가 뒤를 추적. 그리고 그가 들른 곳을 조사하는 작전이었다.

『두 사람은 우리가 지킬 거다호—!』

『여성을 지키는 건 기사의 본분이다호—!』

그런 두 사람의 호위 겸 상담역은 하니와들이 맡았다. 하니와들에게는 기본적으로 영자력 차폐장치가 탑재되어 있어서 호위로 적격이었다. 또한 영자력 기술 관련 지식을 갖추었으니 하루미 일행의 조언자 역할도 할 수 있었다. 둘 다 중요한 역할인 만큼 두 하니와들은 오랜만에 그들의 전투 장비인 영자도와 영파포를 꺼내 들고 힘차게 선언했다.

대지의 백성의 도시는 지저에 있지만 어느 도시나 천장이 높다. 덕분에 루스의 무인기는 무리 없이 활동할 수 있는 충분한 고도를 확보할 수 있었다. 그 무인기의 카메라는 한 노인의 모습을 렌즈 중앙에 포착하고 있었다. 노인의 이름은 우라가 토우시. 카스미 코우마와 비슷한 연배의 인물이었다. 하루미와 루스는 그와 한참 떨어진 뒤쪽에서 따라가는 중이었지만 무인기 덕분에 그의 행방을 놓칠 염려는 없었다. 지금으로선 그녀들의 미행은 순조로웠다.

우라가 토우시의 정치 성향은 중도 우파로 알려져 있으며, 라이가의 쿠데타에는 가담하지 않았다. 눈에 띄는 활동을 하지는 않았지만 건설적인 언행으로 주위를 지탱했고, 정치보다는 그의 업적 쪽이 더 잘 알려져 있었다. 우라가는 지저에서 어류 양식의 실용화에 성공한 것으로 유명한 인물이었다. 그로 인해 카스미 코우마와 친분이 있고 신뢰가 두터웠으며, 라이가와도 가까운 사이였다. 그도 라이가의 어린 시절을 알고 있는 인물이었다. 그래서 라이가가 연금당한 뒤로도 종종 면회차 방문하곤 했다. 물론 코흘리개 때부터 알고 지낸 꼬마 라이가에게 위문품을 전해주는 온화한 노인의 모습으로 말이다.

그러나 그 가면 뒤에 숨겨진 정체는 급진파의 일원이었고, 우라가는 자신의 신용을 이용해서 정치권에 공작을 펼치는 역할을 맡아 왔다. 그리고 현시점에서는 신뢰가 두터운 위치를 이용해서 라이가에게 정보를 전달하는 가교 노릇을 하고 있었다.

"……이 사실을 알게 되면 코우마 씨가 상심하지 않을까요?"

하루미는 눈을 가늘게 뜨고 슬프게 중얼거렸다. 코우마의 아들 라이가는 반란을 일으켰고, 언젠가는 사형당하게 될 상황에 처해 있다. 그런 와중에 코우마는 오랜 친구의 배신까지 알게 되었다. 언제나 상냥하게 웃고 있는 코우마의 속마음이 어떨지 생각해본 하루미는 참담한 심정이었다.

『코우마 할아버지는 인자하지만 공사를 엄격히 구분하는 사람이다호. 우라가는 할아버지의 요주의 인물 리스트에 확실히 올라가 있었다호.』

『라이가는 친자식이었기 때문에 의심하지 않았을 뿐이다호!』

"그건 사람인 이상 어쩔 수 없는 부분일지도 모르겠네요."

코우마가 이런 상황을 예측하고 있었음을 알고서 하루미는 마음이 조금 가벼워졌다. 그래도 친구의 배신은 가급적이면 믿고 싶지 않았을 터다. 그것이 하루미가 진심으로 안도할 수 없었던 이유였다. 하루미는 지금까지 많은 일을 겪어왔다. 알라이아의 기억도 일부 이어받았다. 하지만 그럼에도 여전히 평범한 소녀로서의 감각이 우선하는 순간이 있었다. 이번이 그런 순간이었기에 코우마를 염려하지 않을 수가 없었다. 달리 말하자면 그녀는 너무나도 다정다감한 것이리라.

"안심하세요, 하루미 님. 코우마 님은 많은 고난과 역경을 이겨내고 지금에 이르셨습니다. 그 미소의 바탕에는 그런 강인함이 서려 있어요."

하지만 루스는 무가의 딸로 태어난 만큼 코우마의 심정을 하루미보다 더 정확하게 이해할 수 있었다. 온건파와 급진파의 갈등은 어제오늘 시작된 일이 아니다. 수십 년에 걸쳐 반복되어왔다. 그래서 코우마는 여러 번 배신당했고, 그때마다 훌훌 털고 일어섰다. 그가 그렇게 할 수 있었던 것은, 결코 배신하지 않는 사람도 있다는 것을 역시 수십 년의 경험을 통해 알고 있기 때문이었다.

"……그렇군요. 미숙한 모습을 보이고 말았네요. 저도 아직 갈 길이 멀군요."

코우마는 훨씬 오랜 세월을 살아 왔고, 험난한 국면을 여러 차례 극복해왔을 터다. 그저 사람 좋아 보이는 평범한 노인인 게 아니다— 하루미는 자신이 평범한 소녀의 잣대로 코우마를 판단했음을 깨닫고 조금 부끄러웠다.

“하루미 님께서 그렇게 말씀하시면 저희 체면이 뭐가 되겠어요.”

루스는 그렇게 말하며 쓴웃음을 지었다. 하루미의 결단력, 통찰력은 같은 또래에 비해 월등히 뛰어났다. 뿐만 아니라 그녀에게는 알라이아의 기억이 일부 계승되었다. 그런 하루미가 자신은 아직 미숙하다면서 겸손한 태도를 보이자 루스의 입에서는 푸념이 절로 나왔다.

『하루미, 루스. 우라가가 다른 건물로 들어간다호!』

『저긴 아무래도 거래처인 시장인 것 같다호!』

“아차! 임무에 집중하죠, 루스카니아 양.”

“네, 잡담은 나중에 해요.”

하루미와 루스의 얼굴에서 미소가 사라졌다. 경우에 따라서는 우라가를 따라 건물에 침입해야 할 필요도 있다. 그녀들의 임무는 이제부터 시작이었다.

지난 며칠 동안 우라가가 찾아간 곳은 표면적으로는 업무와 관련된 곳들뿐이었다. 생각해보면 당연한 일이다. 그런 평범한 생활이야말로 그의 실체를 숨겨주고 있으니까. 오히려 음모와 관련된 곳만 들른다면 순식간에 실체가 드러날 것이다.

『이 건물은 오래된 술집의 창고 같다호.』

『예전부터 협력해서 음식점을 운영했으니 그와 관련이 있는 것 같다호!』

우라가가 어느 곳에 들르면 먼저 이렇게 하니와들이 대략적인 정보를 알려주었다. 지저 세계에서도 규모가 작기는 해도 자유로운 시장경제가 형성되어 있기 때문에 각 기업의 일반적인 정보는 자유롭게 입수할 수 있었다. 이어서 루스가 움직이기 시작했다.

"하루미 님, 내부 도청을 시작하겠습니다."

"부탁할게요."

루스는 팔찌로 무인기를 조종하며 건물 내부에서 진행되는 대화를 도청하기 시작했다. 웬만한 경우에는 측량용 레이저 광선을 창문에 쏘아서 유리의 진동 패턴을 분석하고 이를 음성으로 복원하는 방법을 이용했다. 이 방법은 멀리 떨어진 곳에서 실행할 수 있고 발각당할 가능성도 거의 없었다. 이번에도 루스는 이 방법을 선택했다.

『이번 분기도 술이 아주 잘 숙성됐나 봅니다. 가게를 찾는 손님들이 침이 마르도록 칭찬하더군요.』

『하하하. 명색이 올해로 창업 300주년을 맞이하는 양조장인데, 반쪽짜리 술을 만들 수는 없지요.』

『자신감이 대단하시군요. 하지만 제가 생각하기에도 충분히 그럴 만한 품질입니다.』

『외식 산업의 구세주라 불리는 우라가 씨가 그렇게 말씀해 주시니 영광입니다.』

창고 안에서 오가는 대화는 평소보다 더 또렷하게 들렸다. 이 창고에는 커다란 방이 하나밖에 없기 때문에 창고에 있는 두 사람의 목소리가 유리창에 잘 전달되고 있었다.

"평범한 거래 얘기처럼 들리네요."

하루미는 진지한 표정으로 대화를 듣고 있었다. 대화 내용은 지극히 평범한 술 거래 얘기처럼 들렸다. 또한 술통을 여닫는 소리, 액체가 찰랑이는 소리, 유리잔이 부딪치는 소리 등 음성을 제외한 소리에도 술 거래를 연상케 하는 자연스러운 소리가 포함되어 있었다. 그래서 하루미는 이번에도 허탕인 것 같다고 판단했다.

"제 귀에도 그렇게 들리긴 했지만……."

루스도 하루미와 같은 생각이었다. 하지만 그녀의 표정은 여전히 심각하게 굳어 있었다. 이를 알아차린 하루미가 고개를 갸웃했다.

"루스카니아 양, 왜 그래요?"

"조금…… 마음에 걸리는 점이 있어서……."

루스는 복원한 음성을 팔찌를 조작해서 분석용 프로그램에 로드했다. 사실 이때 루스는 들려오는 음성에서 약한 위화감을 느꼈다.

"마음에 걸리는 점?"

"뭐라고 해야 하나…… 목소리가 너무 또렷하게 들리는 것 같아요."

대화 자체에는 부자연스러운 점이 없었다. 이에 대해서는 루스도 하루미와 같은 의견이었다. 하지만 들리는 음성 자체가 이제까지 쌓인 도청 데이터에 비해서 지나치게 또렷하게 들리는 것 같았다. 그야말로 정보 분석 담당인 루스라서 느낄 수 있는 차이였다.

"역시나! 이건 녹음한 음성을 스피커로 재생한 거였어요!"

음성을 분석하자 루스의 감각을 뒷받침하는 결과가 나왔다. 현재 지구의 녹음과 재생 기술로는 아무래도 손실되는 데이터가 생길 수밖에 없다. 하지만 그 손실은 의도적으로 방치된 문제다. 인간의 가청 영역을 벗어난 소리는 완벽하게 재현할 필요가 없기 때문이다. 그래서 루스의 귀에는 듣기 편한 목소리로 전달됐다. 또한 몇 개의 녹음 파일을 잘라 붙인 모양인지 그 이음매가 파형 데이터에 선명하게 드러나 있었다. 이를 통해 알 수 있는 것은 단 하나.

"그럼 실제 대화를 스피커에서 나오는 음성으로 속이고 있다는 뜻인가요?"

"그럴 거예요. 실제 대화 음성을 분리할 수 있는지 시도해 보겠습니다!"

하루미와 루스의 표정은 여전히 심각했지만 목소리 톤은 다소 밝아졌다. 오늘까지 두 사람은 계속 허탕만 쳤지만, 드디어 우라가의 수상한 거동을 포착해냈다. 두 사람의 의욕은 자연스럽게 상승했다.

잠시 후 루스는 창고 내부의 음성을 분리하는 데 성공했다. 그 결과 우라가가 급진파 잔당을 어떻게 돕고 있었는지 확실하게 드러났다. 우라가가 담당하고 있던 것은 급진파 거점에 보낼 식량을 확보하는 일이었다.

우라가의 생업은 어패류 양식이다. 양식장을 운영하다 보면 너무 크거나 작아서 상품성이 없는 어패류가 나오기 마련인데, 이를 폐기한 것처럼 꾸며서 그대로 급진파 잔당에게 보내고 있었다. 또한 우라가는 음식점에 납품하는 식품 중 10퍼센트를 횡령해서 급진파 잔당에게 넘겼다. 그래서 손님은 항상 정량보다 10퍼센트 적은 요리를 먹어야 했지만, 이를 알아차리는 것은 불가능에 가까웠다. 값을 싸게 설정하면 설령 알아채는 사람이 있어도 그냥 그런가 보다 하고 넘어가리라. 그 외에도 크고 작은 몇 가지 수단을 병행해서 우라가는 급진파 잔당들에게 식량을 공급해왔다. 그리고 이를 위한 대화를 그 창고에서 하고 있었던 것이다.

『액티브 영자력 레이더의 반응이 있다호!』

『이제부터는 더욱 경계가 필요하다호!』

그렇게 우라가의 뒤를 밟은 결과, 하루미와 루스는 도시 외곽에 있는 어느 넓은 사유지에 도착했다. 이 시점에서는 더 이상 우라가 본인은 보이지 않았다. 두 사람은 의심스러운 배송 트럭을 쫓아서 이곳에 도착했다.

『모르는 시설이다호!』

『누님의 권한으로도 모르는 시설이 있다니 말도 안 된다호!』

하니와들이 보유한 정보는 키리하의 접근 권한에서 나온다. 키리하는 차기 족장 후보이자 지상 침략의 책임자이기도 하므로 접근 불가능한 정보는 거의 없다. 그렇다면 불법적인 비밀 시설일 가능성이 높았다.

"그럼 적의 비밀 기지일지도 모르겠네요……. 루스카니아 양, 마법을 다시 걸게요."

"저는 무인기를 재설정하겠습니다."

그리고 그 사유지는 창고보다 더욱 경계가 삼엄했다. 입구 게이트 주변에는 이제까지 맞닥뜨린 적 없는 영자력 기술을 이용한 경비 시스템이 설치되어 있었다. 그곳을 지나 수백 미터 떨어진 건물에는 무장한 경비원으로 보이는 인원들도 있었다. 이러한 요소들에서 군사 시설이라는 낌새가 역력했다. 하니와들이 모르는 군사 시설이라면 급진파의 비밀 기지일 가능성이 높다. 따라서 하루미와 루스는 마법과 장비를 재정비한 후 방어적으로 움직이기로 했다.

"이곳에 지상 기업과 관련 있다는 걸 뒷받침하는 단서가 있으면 좋겠네요……."

"여기서 끝난다면 계속 의심하지 않아도 되니 말이죠."

"후후, 정말 그렇다니까요."

하루미와 루스는 능력적으로는 이 임무에 적합했다. 하지만 기본적으로 둘은 남을 잘 의심하지 못했고, 성격적으로도 맞지 않았다. 두 사람 모두 필요하다면 끝까지 계속할 각오이긴 했지만, 여기서 끝났으면 하는 마음은 있었다.

『이제 3미터만 더 가면 액티브 영자력 레이더의 감지 범위에 들어간다호!』

『2, 1…… 통과했다호! 마법은 완벽하게 효과를 발휘하고 있다호!』

하루미 일행은 당당하게 입구 게이트를 통과했다. 물론 하루미의 마법과 루스가 가져 온 열광학 위장 장비 등을 이용한 덕분이었다. 그 결과, 하루미 일행은 이곳의 방어 장치를 돌파하는 데 성공했다.

"휴우…… 다행이다……."

"……알고 있어도, 긴장되시나요?"

"결국은 성격이랑 안 맞는 일이니까요."

"아하하하, 저도 그렇게 생각한답니다."

"사토미 군에게는 절대 말 못하지만요."

"그렇죠. 그런 말을 하면 각하께서 매번 따라오실 거예요."

하루미와 루스는 서로 가벼운 농담을 주고받으면서도 주

변 경계를 게을리하지 않았다. 언제 어디에서 적이 튀어나올지 모르는 상황이니만큼 신중파인 두 사람은 대화 분위기와 다르게 방심하지는 않았다.

『예상대로다호. 저기 걸어가는 아저씨들은 일반 경비 임무치고는 너무 중무장이다호!』

『무기와 방어구도 군용 등급인 것 같다호! 저런 걸 어디서 가져왔을까호?』

"그 부분도 추가로 조사할 필요가 있겠네요."

"루스카니아 양, 앞으로는 더 신중하게 움직이죠."

"동감입니다. 하루미 님, 저쪽 화단 나무 그늘에서 다시 한번 주변 정보를 수집할까 하는데요."

"알겠습니다. 그렇게 하죠."

그리고 목적한 건물에 접근하는 동안 이곳의 경비 체제를 확실히 알 수 있게 되었다. 그래서 하루미 일행은 잠시 이동을 멈추고 다시 정보를 수집했다.

"부지의 감시 인력은 제일 바깥쪽에 집중되어 있습니다. 나머지는 건물 주위에만 배치되어 있구요."

"마력 반응은 없음. 역시 마법은 안 쓰나 보네요."

『영자력 기술 반응은 곳곳에서 감지된다호. 당연하지만호.』

『건물 내에서 공간 왜곡 반응이 하나 잡히는데호? 루스, 확인 좀 해주라호.』

"이거군요…… 확실히 공간 왜곡 반응이 맞네요. 하지만 반응이 약한 걸 보니…… 개인용 장비, 아니면 반대로 초대형 영자력 기술일지도 몰라요. 어느 쪽이든 확인해야겠군요."

이때 하루미 일행은 제일 원하는 정보를 입수했다. 바로 공간 왜곡 반응이다. 공간 왜곡 기술은 포르트제 특유의 과학 기술이므로 그 반응이 잡힌다는 것은 포르트제 기술이 유입되었을 가능성을 암시한다.

하지만 반응이 약하기 때문에 공간 왜곡 기술이 아닐 가능성도 있었다. 공간 왜곡 반응은 유리카가 마법으로 순간이동을 할 때나 사나에가 전력으로 영력을 방출해서 방어할 때 등에도 미약하게 감지된다. 요컨대 어떤 수단으로 공간을 비틀었을 때 감지되는 반응인 것이다. 따라서 미미한 공간 왜곡 반응을 감지한 것만으로 조사를 끝내는 것은 섣부른 판단이었다.

"지금까지 알아낸 정보로 판단하자면, 이곳에서 할 일은 두 가지예요."

하루미는 루스와 하니와들을 향해 손가락 두 개를 들어 보였다.

"첫째로 공간 왜곡 반응의 출처를 확인하는 것. 둘째로 컴퓨터를 조사해서 지상의 기업과 관련된 데이터를 수집하는 것이죠."

공간 왜곡 반응은 아무래도 해당 위치에 가서 직접 확인할 필요가 있다. 위험하긴 해도 위치를 알고 있으니 빠르게 처리할 수 있을 터다. 그와 동시에 지상 기업의 흔적을 찾아야 하는데, 이 기지 전체를 조사하기에는 인력과 시간이 부족하거니와 발각당할 리스크만 높다. 그러니 우선 컴퓨터와 네트워크를 조사하는 정도로 끝낸다. 그리고 공간 왜곡 반응과 네트워크, 개별 컴퓨터의 조사 결과를 취합해서 이후에 어떻게 행동할지 결정하자— 이것이 하루미의 생각이었다.

"저도 하루미 님 생각에 동의합니다. 다만, 먼저 네트워크에 침입해서 경비 시스템을 손보는 게 좋을 것 같아요."

"경비…… 후후, 그것도 그러네요. 그럼 순서는 경비 시스템을 어떻게든 한 다음 공간 왜곡 반응을 확인, 그 후 안전한 곳으로 이동해서 데이터를 수집하는 게 좋겠군요."

네트워크에 침입해서 경비 시스템을 무력화하는 동시에 외부에서 네트워크에 쉽게 침입할 수 있게끔 백도어를 설치. 그 작업을 마치면 공간 왜곡 반응을 확인한 다음 일단 외부로 탈출. 그렇게 안전을 확보한 후에 백도어를 통해 재침입하여 데이터를 수집하는 계획이었다. 데이터 수집에는 아무래도 시간이 걸리기 때문에 이 방법이 가장 빠르고 안전했다.

"그게 제일 각하께 걱정을 덜 끼칠 순서라고 봅니다."

"사토미 군…… 분명 걱정이 이만저만이 아니겠죠……."

"그러실 거예요. 우리 둘은 이제까지 기다리는 입장이라 애가 탈 때가 많았는데, 막상 이렇게 앞으로 나서 보니 이건 이것대로 걱정할 일이 많군요."

"이런 상황에서는 모두를 위해서 무리하고 싶지만, 모두를 위해서 무리할 수 없다는…… 그런 모순적인 감정이 든다는 걸 처음 알았어요."

그리고 두 사람은 이때 처음으로 동료를 남겨 두고 전장으로 떠나는 사람의 심정을 알게 되었다. 이제까지 두 사람은 안전한 후방에서 지원하는 경우가 많았기 때문에, 그 심정을 이해하게 된 것은 신선했다. 그래서 다음에 누군가를 배웅할 때는 가능한 한 이기적인 말은 하지 않아야겠다고 생각했다.

두 사람이 발견한 급진파 소유로 추정되는 비밀 기지의 내부 컴퓨터 네트워크는 외부와 독립되어 있었다. 그 탓에 일반 통신회선을 통해 침입하는 것은 불가능했다. 우선 내부 네트워크에 백도어를 만드는 것부터 시작해야했다.

"하지만 안으로 들어가서 회선을 연결하려면 경비를 뚫어야 하는데…… 딜레마네요."

하루미가 살짝 눈살을 찌푸렸다. 네트워크에 침입하려면 안으로 들어가서 백도어를 만들어야 한다. 하지만 들어가면 경비 시스템에 걸린다. 그리고 경비 시스템은 네트워크에 침입해야만 멈출 수 있으니, 그야말로 쳇바퀴를 도는 상황이었다. 기지 건물 내부에는 당연히 정문보다 훨씬 더 강력한 경비 시스템이 구축되어 있을 테니 마법과 방어 장치가 있더라도 무리한 침입은 위험했다.

"제 특기를 발휘할 순간이군요."

"특기?"

"이거예요."

루스는 등에 메고 있던 가방에서 페트병만 한 크기의 물건을 꺼냈다. 하루미는 의아한 표정으로 루스의 손을 유심히 보았다. 그 물건이 루스의 손 위에서 움직이기 시작했다.

"와! 이거 로봇인가요?"

"네. 반자동 정찰용 로봇이에요. 클란 전하께서 개량해주신 덕분에 네트워크에 물리적으로 침입할 수 있게 되었죠."

루스의 손바닥 위에서 정찰용 로봇은 잠시 움직임을 멈추었다. 처음에는 진짜 페트병처럼 생겼지만, 지금은 살짝 일어선 토끼 같은 모습이었다. 이 로봇은 육상 이동형 정찰기로, 그늘에서 그늘로 이동하며 적지의 정보를 수집하는 것이 주요 임무다. 클란이 이것에 새로운 기능을 추가해서 컴퓨터를 발견하면 컴퓨터의 확장용 포트에 무선 송수신기를 설치할 수 있게 됐다. 기지 내부 컴퓨터에 송수신기를 설치하면 두 사람이 숨어있는 화단에서도 무선으로 자유롭게 네트워크에 침입할 수 있을 터였다.

『이 토끼가 잠입하는 것보다는 우리가 잠입하는 게 낫다호!』

『우리가 대활약할 기회다호!』

“하니와 여러분은 저와 하루미 님을 지켜 주세요.”

『그렇다면 어쩔 수 없지호—.』

『고귀한 여성을 지키는 건 기사의 본분이다호—.』

루스는 그렇게 말하며 하니와들을 설득하긴 했지만, 사실 첫 번째 잠입에 하니와들을 투입할 수 없는 사정이 있었다. 하니와들과 이 정찰기의 결정적인 차이점은 유사시에 자폭시킬 수 있느냐 없느냐다. 현시점에서는 잠입의 위험성이 확실하지 않기 때문에 적에게 발각당할 경우의 대처를 상정할 필요가 있었다. 그래서 이 정찰기에는 나사 하나 남지 않는 위력의 자폭 기능이 탑재되어 있었다. 루스는 하니와들에게 도저히 그런 짓을 시킬 수 없었다. 따지고 보면 같은 기계인데도 말이다.

“아무튼 이 정찰기에 마법 등의 방어 수단을 집중해서 잠입시키려고 해요.”

“그렇게 하면 집중시킨 만큼 성공률이 올라가겠네요…… 후후훗.”

“하루미 님?”

“이 디자인은 루스카니아 양의 취향인가요?”

하루미는 무심코 웃음을 흘렸다. 포르트제의 기술을 거의 모르는 하루미라도 정찰기의 디자인이 이 한 가지만 있지는 않을 거라는 정도는 상상할 수 있었다. 필시 훨씬 전투

적이거나 기능적인 디자인도 있을 것이다. 하지만 루스는 이 임무에 필요한 성능을 충족하는 정찰기 중에서 개인적인 취향으로 토끼 디자인을 선택했다. 하루미는 그 점이 귀엽게 느껴졌다.

"앗, 네. 부끄럽네요……."

루스는 수줍게 웃었다. 루스는 어른스러운 성격이며 무가의 딸이기도 하다. 그런 그녀가 무심코 드러내버린 소녀다운 모습. 그 점을 하루미에게 들킨 것이 부끄러웠다. 그러자 하루미는 따라 웃으면서 고개를 가로저었다.

"부끄러워할 것 없어요. 저도 이게 있으면 이걸 골랐을 거예요."

"하루미 님도요?"

"네, 이렇게 귀여운 걸 좋아하거든요."

"그, 그렇군요……."

하루미가 공감해주자 안도한 루스의 표정이 풀렸다. 루스는 이번 동행자가 하루미라서 다행이라고 다시금 생각했다.

"……만약 사토미 군이 함께 왔다면, 좀 더 뾰족뾰족하고 강해 보이는 걸 골랐을 테지만요."

"알 것 같아요. 저도 분명 그렇게 했을 거예요."

"우리의 청기사 각하께서는 청기사 각하다운 것을 쓰셔야 하니까요."

"후후후, 대외적인 활동 때는 그렇게 해 주셨으면 좋겠네요."

그렇게 루스가 다시 웃자 그녀의 손바닥 위에 있던 토끼형 정찰기가 움직이기 시작했다. 마치 진짜 토끼처럼 아래로 뛰어내리더니 일단 하루미 앞으로 다가갔다. 잠입 전에 하루미가 마법을 걸어줘야 하기 때문이었다.

"후후. 인형 토끼에게 마법을 걸다니, 정말 동화 같은걸요?"

하루미는 그렇게 말하며 부드럽게 미소 짓고는 양손을 토끼형 정찰기 쪽으로 뻗고 마법을 발동하기 위해 주문을 영창하기 시작했다.

토끼형 정찰기는 하니와보다 좀 더 덩치가 작기 때문에 존재를 감추는 마법에 필요한 마력은 적다. 마법 역시 작은 것을 다룰 때는 적은 힘으로도 충분했다. 그래서 하루미는 토끼에게 여러 가지 마법을 걸 수 있었다. 투명화, 전자파 흡수 같은 것들이다. 그렇게 각종 보호 마법이 걸린 토끼는 마력을 볼 수 있는 하루미와 루스의 — 이마의 문양 덕분에 루스도 마력을 볼 수 있다 — 눈에는 무지갯빛으로 빛나 보였다.

"정말 동화 속에 나올 법한 토끼를 만들어 버렸네요, 루스카니아 양."

"토끼형 로봇과 무지갯빛 마법은 그야말로 찰떡궁합이군요."

『저건 우리들은 낼 수 없는 분위기다호…….』

『포기하지마, 브라더! 귀여움에 한계는 없다호!』

두 하니와가 지켜보는 가운데 강철 토끼는 무지갯빛 궤적을 그리며 달려갔다. 주위를 경계하며 그늘에서 그늘로 날렵하게 뛰어가는 모습은 흡사 진짜 토끼 같았다. 그리고 토끼형 정찰기를 비밀 기지에 잠입시킨 것은 탁월한 선택이었다. 정찰기는 항상 사람의 시야와 센서 감지 범위의 사각지대에 들어갈 수 있게 계속 이동하면서 거리도 적절하게 유지했다. 덕분에 발각되는 일은 없었다. 하루미가 마법을 안 걸어도 괜찮지 않았을까, 하고 생각할 정도였다.

"하루미 님, 깡총이— 아니, 정찰기가 조건이 좋은 컴퓨터 단말기를 발견했습니다."

"대단하네요. 아직 몇 분도 안 지났는데."

"단말기 확장 포트에 무선 송수신기 설치 완료. 미러를 설치하며 후퇴를 개시합니다."

"미러요?"

"통신용으로는 가급적 레이저를 쓰려고 합니다. 적 군사기지 내에서는 가능한 한 전파를 발신하고 싶지 않거든요."

정찰기가 우선적으로 찾은 것은 창가에 가까우면서 최대한 눈에 잘 띄지 않는 위치에 설치된 컴퓨터 단말기였다. 무선 송수신기를 설치하기에 적합한 위치이기 때문이다. 이 송수신기에는 다양한 통신 방식이 탑재되어 있었는데, 제일 안전한 것은 레이저 통신이었다. 레이저는 직진하는 빛이므로 사람이 볼 수 없는 파장대의 레이저를 사용하면 사람이나 센서에 들킬 염려가 거의 없다. 그래서 정찰기는 송수신기를 설치한 다음 레이저를 반사하기 위한 거울을 몇 개 설치. 송수신기에서 나오는 레이저를 창밖으로 보내서 하루미 일행이 있는 곳까지 유도했다. 이를 통해 루스는 건물 밖 화단에 숨어서 컴퓨터를 조작할 수 있게 됐다.

"레이저 통신, 접속 상태 안정. 컴퓨터 원격 조작이 가능합니다."

"클란 양, 하루미예요. 기지 내 컴퓨터와 연결됐어요."

기지 내 컴퓨터를 원격 조작할 수 있게 되자 하루미는 팔찌형 통신기로 클란을 호출했다.

『드디어 제가 나설 차례로군요. 잠시만 기다리시길. 즉시 네트워크에 침입하겠사와요.』

클란은 이곳에 오지 않았다. 코타로 일행과 함께 코우마의 저택에서 대기하며 통신기를 통해 하루미 일행을 돕기로 했다. 이때 클란이 맡은 역할은 두 가지였는데, 첫째로 우선 기지 내부 컴퓨터 네트워크에 침입하는 것이었다. 무선 송수신기 설치는 이를 위한 백도어를 만드는 과정이었을 뿐. 일단 보안을 뚫고 기지 내 네트워크에 침입해서 기지의 모든 시스템을 제어할 수 있게끔 해야 했다.

『이상하군요. 예상보다 보안 수준이 조금 높사와요.』

“도와드리겠습니다, 전하.”

『부탁하죠.』

비밀 기지의 컴퓨터와 그 네트워크는 대지의 백성의 평균 기술 수준을 약간이나마 상회하고 있었다. 그만큼 클란은 해킹에 약간의 차질을 빚었지만, 루스가 지원해준 덕분에 그리 오래지 않아 보안을 뚫을 수 있었다.

『OS는 대지의 백성이 쓰는 것이지만, 아무래도 컴퓨터 자체의 성능이 보통이 아닌 것 같군요.』

“전하, 부품 단위로 몇 가지 기술 지원이 이루어지고 있다는 말씀이신가요?”

『기존 컴퓨터와 호환되지 않는 새 컴퓨터를 제공하는 것보다는 그게 더 합리적이죠. 인증용 서버의 성능이 올라가는 것만으로도 침입 난도가 훨씬 높아질 뿐더러, 저희도 진상을 쉽게 알아차리지 못할 테니까요.』

보안을 뚫는 과정에서 클란은 포르트제의 기술을 이용했을지도 모르겠다고 추측했다. 컴퓨터는 OS와 짝을 이루는 도구다. 만약 컴퓨터 자체를 제공한다고 해도 대지의 백성이 쓰는 OS와 호환되는 OS를 별도로 준비해야 한다. 그럴 바에야 차라리 CPU나 기억 장치 등, 대지의 백성이 쓰는 컴퓨터 부품을 분석해서 성능이 뛰어난 것으로 교체하는 게 훨씬 빠른 방법이다. 물론 컴퓨터 자체를 제공하는 경우와 비교하면 효과는 떨어지지만, 지구의 컴퓨터보다 고성능이라는 것만으로도 충분히 의미가 있었다. 그리고 이 점이 군사 기지와 반달리온파 잔당이 협력 관계일 가능성을 짙게 만들었다.

『지금 고민해봤자 해결될 문제는 아니어요. 이 문제는 나중에 생각하고, 일단 지금은 경비를 무력화하죠.』

"그렇죠, 서두르겠습니다."

그리고 클란의 두 번째 역할은 경비 시스템과 경비 인력을 무력화하는 것이었다. 이제부터 하루미 일행은 기지에 잠입해서 공간 왜곡 반응의 출처를 조사해야 한다. 그때 그녀들이 위험에 처하지 않도록 돕는 것이 클란의 역할이었다.

경비 시스템과 경비 인력을 무력화하는 것은 클란에게 그리 어려운 일이 아니었다. 경비 시스템 쪽은 내부 수치를 조작해서 실제로는 작동하지 않지만 작동하는 것처럼 보이게 하는 것만으로 충분했다. 인력 쪽은 그렇게 간단하지 않았지만, 경비 시스템 책임자의 단말기에 경비 인력들을 위한 매뉴얼이 있었다. 이를 조사해서 경비 인력이 부족한 곳을 찾아낸 하루미와 루스는 그 허술한 루트를 따라 이동했고, 난관에 봉착하면 하루미의 마법이나 클란의 공작 등으로 통과했다. 엄밀히 말하자면 경비 인력을 무력화하지는 못했지만, 그래도 이로써 공간 왜곡 반응을 조사하러 갈 수 있을 것 같았다.

『……경비 장치와 인력 배치를 보니 라이가의 정보대로 이 기지는 아주 최근에 만들어진 것 같사와요. 덕분에 허점이 많아서 저희에게 유리하군요.』

클란은 기지 전체의 경비 상황을 분석하고 그렇게 결론을 내렸다. 보통 컴퓨터로 파일을 수정하면 이력이 남는다. 그런데 경비 체제를 기록한 파일에는 수정된 이력이 거의 없었으며, 애초에 파일 자체가 생성된 지 2주밖에 안 됐다. 그런 점을 미루어 보면 상당히 급하게 만든 것임을 알 수 있었다. 비단 경비 체제만이 아니라, 아마도 기지 자체도 그럴 것이다.

"그게 라이가가 얘기한 불안 요소인 거겠죠. 반달리온파 잔당에게 급진파의 미래는 안중에 없는 거예요."

"괴멸 직전인 급진파는 행동을 서두르기 때문에 빈틈이 많고, 손잡았을 때 리스크가 크다…… 그 사실을 옥중에서 깨달은 걸 보면, 라이가는 역시 위험한 인물이군요……."

천천히 시간을 들여서 준비했다면 모를까 이처럼 내실이 부족한 상태라면, 머지않아 급진파는 실패하고 대지의 백성을 말려들게 하는 형태로 괴멸할 것이다. 이런 상태로는 파괴와 혼란— 즉 테러를 일으키는 정도가 고작이고, 라이가의 목표인 지배자가 되는 것은 어림도 없는 일이다. 하루미와 루스는 이제야 라이가의 말을 실감할 수 있었다.

"루스카니아 양, 라이가는 반달리온파 잔당과의 동맹에는 미래의 비전이 안 보인다고 했는데…… 반대로 그들은 지저 급진파 잔당의 자멸을 기대하고 있는 게 아닐까요?"

"기술을 흡수하고 난 후에는 테러 도구로 이용…… 확실히, 일리 있는 이야기군요."

하루미와 루스는 공간 왜곡 반응이 일어난 지점을 조사하기 위해서 클란의 안내에 따라 비교적 안전한 루트로 이동했다. 두 사람의 표정은 심각했다. 자신들이 맡은 일을 제대로 수행하느냐 마느냐에 대지의 백성의 미래가 달려있음을 뼈저리게 느꼈다. 그런 만큼 두 사람의 걸음걸이는 신중했다.

『둘 다 멈춰라호.』

『이 모퉁이 너머에 사람이 있다호.』

『일반 경비원인 것 같군요. 교대 시간이 가까우니 당신들이 있는 방향으로 가진 않을 것이어요. 그 자리에서 대기하시길.』

"알겠습니다. 대기할게요."

원래 신중한 두 사람이 평소보다 더욱 신중해졌기 때문에 적에게 발각될 만한 안일한 행동은 하지 않았다. 지금도 대기하라는 말을 들었을 뿐이건만 그들은 후미진 곳으로 이동해서 루스가 가져온 열광학 위장 장비를 작동했다.

『역시 교대 시간이었나 보네요. 그쪽으로 가지 않고 경비

원 대기소 쪽으로 갔사와요.』

『이제 괜찮다호―!』

『출발하자호―!』

하루미 일행은 숨어 있던 곳에서 빠져나와 다시 걸음을 재촉했다. 물론 이제까지와 마찬가지로 신중함을 잃지 않았다. 그렇게 몇 분간 이동한 끝에 그녀들은 목적지에 도착했다.

"이 방이군요."

하루미는 공간 왜곡 반응이 감지된 위치에 있는 방에 들어서자마자 주위를 둘러보았다. 공간 왜곡 반응의 출처를 찾는 게 아니라 탈출 경로를 확인하는 작업이었다. 불행하게도 그 방에는 창문이 없었고, 출입구는 들어올 때 쓴 문밖에 없었다. 즉 이곳에 오래 머무는 것은 금물이었다.

"아무래도 창고인 것 같은데……."

방은 넓었지만 사람이 없었다. 즐비한 컨테이너와 각종 자재들을 보면 이곳은 분명 창고일 터였다. 문제는 왜 이곳에서 공간 왜곡 반응이 감지되었느냐는 점이었다.

"하니와 여러분, 이곳에서 반응이 감지된 게 맞나요?"

『틀림없다호―! 지금도 반응이 잡힌다호!』

『가장 안쪽 벽 부근인 것 같다호!』

"하루미 님, 무슨 문제라도 있는지요?"

"네…… 상호간에 기술을 공여하려는 것일 테니까, 저는 공간 왜곡 반응이 실험실 같은 곳에서 나올 줄 알았거든요."

"그렇구나! 이런 곳에 보관해둘 리가 없죠!"

서로 미지의 기술을 교환하는 것인 만큼 그것을 연구하는 게 당연하지 창고에 보관해둘 리가 없다. 이런 곳에서 반응이 잡히는 것은 기묘한 일이었다.

"하루미 님, 어떻게 생각하세요?!"

"기술 수준이 너무 높아서 제대로 다루지 못한 거라면 기지의 준비도 멈췄을 거예요. 연구실 정비가 지연되고 있거나, 아니면……. 아무튼 무언가 우리의 예상을 벗어난 일이 진행 중인 것 같군요. 경계 수준을 최대로 높이는 게 좋겠어요."

이곳까지 오는 길에 하루미 일행은 이 기지 내에서 전투를 준비하는 모습을 여러 차례 목격했다. 훈련하는 병사들. 군용 무기를 가득 실은 트럭. 전투용 기계. 금방이라도 전쟁을 벌일 듯한 기세였다. 그것들은 포르트제의 기술을 얻을 수 있다는 전제하에 시작한 준비일 테니, 기술을 제대로 다룰 수 없다면 이처럼 다급하게 준비하지도 않았을 것이다. 그렇다면 이 장소에서 반응이 잡힌 이유로는 연구실 정비가 늦어졌거나, 영자력 기술 중에 공간 왜곡 반응을 보이는 것이 우연히 이 장소에 있거나, 그렇게 하루미 일행 측에서 상정하지 못한 사태를 생각해 볼 수 있다. 무슨 일이 일어날지 예측할 수 없는 상황이므로 하루미의 말대로 최대한 경계할 필요가 있었다.

"알겠습니다. 현재 쓸 수 있는 장비를 전부 꺼내겠습니다. 하루미 님은 마법을—."

"아뇨, 이게 더 낫겠어요."

하루미는 살짝 웃더니 오른팔을 앞으로 뻗고 손바닥을 쫙 폈다. 마법을 사용할 때와는 다른 동작이었다. 마법을 쓸 때는 양손을 앞으로 내민다. 루스가 그 모습을 보고 의아함을 느낀 다음 순간, 그 일이 일어났다.

"오너라, 시그날틴!"

우웅—.

하루미가 그렇게 외치자 그녀의 이마에서 검의 문양이 빛나기 시작했다. 그리고 그녀가 뻗은 손앞에 은빛으로 빛나는 한 자루의 검이 나타났다. 그 직후, 하루미의 몸에서 순백의 마력이 방출되는 동시에 그녀의 머리카락이 은빛으로 빛나기 시작했다. 시그날틴— 지금은 아홉 명과 계약을 맺었지만, 그래도 하루미와 가장 깊은 인연을 가진 신이 내려준 검이었다.

"……그 모습으로, 그 검을 들고 계시는 모습을 보면, 저희 포르트제 국민들은 가슴이 벅차오른답니다."

"속은 하루미인 채로 겉모습만 재현하는 거라서 실망시킬 것 같네요. 후후후……."

스르릉—.

하루미는 부드럽게 웃으며 칼자루를 손에 쥐고 익숙한 동작으로 칼집에서 검을 뽑았다. 그 자세는 코타로와 같은 전통적인 포르트제식이다. 하루미의 모습에서는 충분히 검을 수행한 사람 특유의 당당한 박력이 느껴졌다. 그것은 알라이아가 하루미 안에 남기고 간 것. 영혼은 동화되어 사라졌지만, 알라이아는 분명 하루미 안에 존재하고 있었다.

"당치도 않습니다! 하루미 님은—."

『성문 확인, 루스카니아 나이 파르돔시하. 대기 모드 해제, 전투 모드로 전환.』

철커덕—.

감정이 격해지면서 약간 커진 루스의 목소리. 그 목소리에 무언가가 반응을 보였다. 그 정체는 하루미와 루스가 찾고 있던, 공간 왜곡 반응을 일으키는 대상이었다.

"저건 포르트제의?!"

"네! 기동병기입니다!"

그것은 처음에는 높이 2미터가 채 안 되는 상자 형태를 하고 있었다. 하지만 루스의 목소리를 들은 순간부터 변형을 반복하더니 주위에 있는 것들을 밀어내고 일어섰다. 변형을 끝마치자 그곳에 나타난 것은 강철로 된 거대한 거미. 수많은 무기를 탑재한 다족 보행 전차였다.

"부비트랩?!"

루스는 기동병기를 본 순간 이것이 함정임을 알아차렸다. 기동병기에도 공간 왜곡 반응을 보이는 무기와 장비가 다수

탑재돼 있었다. 그것이 대기 모드로 놓여 있었기 때문에 미약한 반응이 감지된 것이다. 그리고 이곳에 배치된 목적은 조사하러 온 침입자를 해치우는 것. 기지가 발각당하는 것을 상정하고 준비해둔 함정이었다.

“하지만 이걸로 확실해졌군요! 역시 이 기지는 포르트제와 관련이 있어요!”

하루미는 매서운 눈초리로 기동병기를 노려보며 두 손으로 검을 쥐고 한 걸음, 두 걸음 전진했다. 함정에 걸려들긴 했지만, 이곳에 기동병기가 있다는 것은 이 기지와 포르트제가 협력 관계라는 뜻이다. 라이가의 정보는 정확했다. 지금 상황은 대지의 백성 급진파에 한해서는 본격적으로 활동하기 전에 꼬리를 잡았다고 볼 수 있었다. 결코 나쁜 상황은 아니었다. 하루미 일행이 이 함정에서 벗어날 수만 있다면 말이지만.

“고에너지 반응! 적이 공격을 준비합니다!”

“루스카니아 양, 방어를 맡길게요!”

“하루미 님?! 아니, 알겠습니다!”

하루미가 적에게 뛰어들려 하는 모습을 보고 루스는 순간적으로 당황했지만, 그녀가 손에 들고 있는 물건이 무엇인지 떠올리고 순순히 지시를 따랐다. 하루미는 영력을 쓸 수 없지만 마법은 코타로보다 잘 다룬다. 그리고 손에는 시그날틴을 들고 있다. 어쩌면 지금의 하루미는 코타로에 버금갈 정도로 강할지도 모른다.

『오너라, 바람과 물의 정령! 나의 검에 깃들어 뇌제의 힘을 보여라!』

하루미는 주문을 영창하며 전진했다. 예전의 하루미는 몸이 약했지만, 지금의 그녀에게는 그 약점이 없다. 그녀의 몸놀림은 날렵하고 힘이 넘쳤다. 하지만 적도 그 모습을 잠자코 보고만 있지는 않았다. 기동병기는 여덟 개의 다리를 능수능란하게 움직여서 물건이 가득한 창고를 마치 아무것도 없는 평지를 돌아다니는 것처럼 고속으로 이동했다. 그리고 기체 상부에 탑재된 빔포를 하루미를 향해 발사했다. 다리가 여덟 개나 되는 덕분에 항상 안정적인 자세를 유지할 수 있어서 조준이 매우 정확했다.

"하루미 님, 그대로 전진하세요!"

그러나 그 빔 앞을 여섯 기의 소형 무인 전투기가 가로막았다. 무인기는 루스의 명령을 따라 세 기씩 조를 이뤄서 삼각형을 만들었다. 그리고 세 기가 힘을 합쳐 공간 왜곡장—배리어를 형성했다. 그렇게 형성한 배리어를 겹쳐서 루스는 하루미를 보호했다.

큐우우웅, 채애앵!

배리어 두 겹으로도 기동병기의 포격을 완벽하게 막아내진 못했지만 그래도 위력을 대폭 줄일 수 있었다.

『호—! 우리도 있다호—!』

『이 정도면 가뿐히 막을 수 있다호—!』

마지막 타자는 하니와들이었다. 카라마와 코라마는 영력을 응축해서 만든 배리어, 영자력 필드를 전개해서 약화된 빔을 막아냈다. 원래 위력이라면 막을 수 없는 포격이었지만, 이만큼 감쇠되었다면 문제없었다.

"거기까집니다!"

루스가 조종하는 여섯 기의 무인기는 삼각 방어 대형을 풀고 이번에는 원을 그리듯이 정렬했다. 그 직후 무인기는 레이저를 발사. 여섯 발의 레이저는 동시에 거미형 기동병기에 착탄했다.

채애앵!

이때 기동병기는 재차 하루미에게 포격을 가하려는 찰나였다. 하지만 무인기의 공격을 감지하고 공간 왜곡장에 에너지를 집중해서 방어했다. 그 결과 무인기는 적에게 아무런 피해도 못 주었지만, 그 대신 하루미에게 포격이 쏟아지는 것을 막았다. 덕분에 하루미는 무사히 검이 닿는 간격까지 파고들 수 있었다.

『—뇌운에서 나온 용의 발톱처럼! 휩쓸어라, 굉뢰(轟雷)의 용발톱!』

하루미가 기동병기에 검이 닿는 간격까지 접근하는 동시에 주문 영창도 끝났다. 하루미는 하얀 섬광을 품은 검을 있는 힘껏 휘둘렀다. 코타로의 참격에 비하면 힘은 부족했지만, 대신 우아함과 정확도에서 앞섰다. 그 일격은 기동병기가 방어하기 위해 내민 앞다리를 스치고 카메라와 센서가 밀집된 머리에 정통으로 꽂혔다.

투콰아아아앙!

다음 순간, 눈부신 섬광이 공간을 가득 채웠다. 하루미가 검에 집중한 마력이 한꺼번에 해방된 여파였다. 하루미는 원거리 공격 마법을 사용할 수 있지만, 이번에는 일부러 근접 공격 마법을 선택했다. 당연한 상식이지만 쓸 수 있는 에너지의 총량이 같다면 날아가면서 손실되는 에너지가 없는 근접 공격이 더욱 위력적이기 때문이다. 물론 그만큼 위험도가 올라가지만, 하루미는 루스와 하니와들을 믿었다. 그 결과가 바로 이 일격이었다. 참격과 함께 해방된 번개의 마력은 루스의 포격으로 약해진 공간 왜곡장을 쉽게 뚫고 기동병기의 머리에 꽂혔다. 그리고 강렬한 전류가 기동병기의 전신으로 퍼지며 모든 전자회로를 태워버렸다. 그 결과 거미형 기동병기는 몇 차례 작은 폭발을 일으키더니 그 자리에 쓰러져서 작동을 멈추었다.

"휴우……."

기동병기가 침묵한 것을 확인한 하루미는 안도의 한숨을 크게 내쉬며 검을 칼집에 거두었다. 동료들을 굳게 믿어도, 정체를 알 수 없는 적과 싸우는 것은 역시 긴장됐다. 이것만은 어쩔 수 없는 일이었다.

"멋진 솜씨였어요, 하루미 님!"

그런 하루미 곁으로 루스가 활짝 웃으며 달려왔다. 이때 루스는 내심 흥분하고 있었다. 기동병기를 일격에 쓰러뜨린 하루미의 모습은 이보다 더 멋져 보일 수 없었다.

"처음 해보는 건데, 잘 돼서 다행이에요."

"후후후, 너무 겸손하신 것 아닌가요? 그건 그렇고 이것이 시그날틴— 아니, 검의 공주의 원래 전투 방식이군요."

루스가 흥분한 데에는 또 다른 이유가 있었다. 그것은 하루미를 통해서 알라이아가 시그날틴을 들고 싸우는 모습을 드디어 보았기 때문이다. 본디 이 왕권의 검은 계약자 본인이 사용하는 검이지만, 여러 사정으로 인해 그녀가 직접 들고 싸우는 것은 이번이 처음이었다. 그런데 하루미는 루스의 말을 듣고 웬일로 불만스러운 듯 눈살을 찌푸렸다.

"이 검은 사토미 군의 검이에요. 사실 원래대로라면 저와 사토미 군이 함께 싸워야 하죠."

이때 하루미는 살짝 토라진 표정을 짓고 있었다. 하루미의 — 그리고 알라이아의 — 선택은 검으로 코타로를 지키는 것. 그리고 코타로가 그 검으로 포르트제를 지키는 것이다. 그 구도는 절대로 양보할 수 없었다.

"그건 알아요. 잘 알고 있지만…… 알라이아 폐하께서 진심을 다하면 얼마나 강하셨는지, 그걸 알게 돼서 기뻤답니다."

루스도 하루미가 하는 말의 의미를 이해했다. 루스의 이마에도 하루미와 색이 다른 검의 문양이 새겨져 있기 때문이다. 하지만 루스는 포르트제 국민으로서, 위대한 황제 알라이아가 어떠한 힘을 얻을 가능성이 있었는지에 대해 순수한 흥미를 품고 있었다.

"사토미 군이 강한 게 좋아요. 저도, 알라이아 씨도요."

하루미가 — 그리고 알라이아가 — 검을 코타로에게 맡긴 것은 그녀가 코타로를 사랑하기 때문이다. 그래서 검을 자기가 직접 사용하는 것을『원래』라고 표현하는 것에 큰 거부감이 들었다. 하루미가 결코 양보할 수 없는 몇 안 되는 일이었다.

"하루미 님, 기분 푸세요. 저도 각하께서 최강인 게 좋답니다!"

하루미가 드물게 격한 감정을 드러내자 루스는 무심코 쓴웃음을 지었다. 그와 동시에 이해했다. 이 순수하고 굳건한 마음이야말로 2천 년의 시간을 초월하게 해준 원동력이었음을.

"……정말인가요?"

"그렇지 않다면 기사단 결성을 원할 리가 없지요."

"그것도 그렇군요. 용서할게요. 앞으로는—."

그렇게 하루미의 기분이 풀리기 시작한 그때였다.

슈웅—.

화제의 중심이었던 시그날틴이 갑자기 하루미의 손에서

사라졌다. 물론 문명이 활성화된 상태인 하루미는 검에 무슨 일이 일어났는지 바로 알 수 있었다.

"사토미 군이 싸우고 있어?!"

검이 사라진 이유는 코타로가 불렀기 때문이었다. 동시에 하루미는 이마의 문양을 통해 시그날틴의 마력이 강해진 것을 느꼈다. 즉 코타로는 지금 시그날틴으로 누군가와 싸우는 중이었다.

"하루미 님, 클란 전하께서 메시지를 보내셨습니다! 아무래도 카스미 가문 저택이 습격당한 모양이에요!"

"습격……? 그래, 이건 병력을 둘로 나누기 위한 함정이었구나!"

하루미는 이때 반달리온파 잔당의 의중을 파악했다. 대지의 백성 급진파는 조직이 거의 와해되었고, 그들의 수장 라이가는 연금 중이라 반응을 확인할 수 없는 등, 비밀리에 접촉해서 동맹을 맺기에는 다소 불안한 상대였다.

그래서 반달리온파 잔당은 그들을 미끼로 삼아 코타로 일행을 유인한 것이다. 우선 기술을 공여하겠다는 뜻을 슬쩍 드러내서 몸이 달아오른 대지의 백성 급진파 잔당들이 조급하게 일을 벌이게끔 한다. 그러면 조직 상태가 정상이 아닌 만큼 어디선가 정보가 유출될 수밖에 없을 것이고, 코타로 일행은 그 정보에 낚여서 지저 세계로 향할 터다. 그때 타이밍을 봐서 미리 지저 세계에 숨겨둔 병력으로 대규모 공격을 감행하는 것이 그들의 구체적인 계획이었다. 또한 공간 왜곡 반응을 미끼로 코타로 일행이 병력을 나누도록 유도했다. 하루미와 루스는 그 계략에 감쪽같이 걸려들고 만 것이었다.

"루스카니아 양, 어서 카스미 저택 쪽으로 돌아가죠! 분명 이곳에도 곧 적이 몰려올 거예요!"

이곳에 배치된 기동병기가 아무데도 연락하지 않았을 리가 없다. 필시 거미형 기동병기가 작동한 것이 코타로 일행에 대한 공격 개시를 알리는 신호였을 것이다. 그렇다면 이곳에서 다음에 무슨 일이 벌어질지는 뻔했다.

"하루미 님, 무인기에 우리들의 환영을 씌워 주세요! 그걸로 이 방에서 탈출할 시간을 벌 수 있을 거예요!"

"알겠습니다! 바로 할게요!"

이 방의 출입구는 배후에 단 하나밖에 없다. 경비 병력은 틀림없이 그곳에서 몰려올 것이고, 하루미 일행은 그곳을 통해 도망쳐야 한다. 모든 것이 다 계산된 함정이었다. 그래도 한 가지 희망이 있었다. 하루미 일행이 기동병기를 거의 일격에 쓰러뜨렸다는 점이다. 그것으로 번 시간을 최대한 효율적으로 사용하는 것이 하루미 일행이 무사히 탈출하기 위한 관건이었다.

카스미 저택 공방전

6월 8일 (수)

반달리온파 잔당의 가장 큰 골칫거리는 코로나장 106호실의 견고한 방어 체계였다. 예전에는 평범한 다세대 주택이었던 코로나장. 하지만 지금은 은하 규모의 대사관이라고 해도 과언이 아니었다. 물론 방어 체계도 그에 걸맞은 수준이었다. 그냥 봐서는 알 수 없지만 주위에는 많은 인력과 더불어 경계·방어 장치가 대량으로 배치되어 있었다. 또한 상공에는 스텔스 기능을 갖춘 소형 전투기가 상시 초계 비행 중이었다. 덕분에 지금의 코로나장은 웬만한 군사기지 못지않은 방어력을 자랑했다. 다시 말해 코로나장을 직접 공격하는 것은 상책이 아니라는 뜻이다. 그러므로 어떻게든 코타로 일행을 그곳에서 끌어내는 것이 첫 번째 과제였다.

그때 눈에 들어온 게 대지의 백성 급진파 잔당이었다. 그들을 잘 활용하면 코타로 일행을 유인할 수 있지 않을까—그렇게 생각한 라르그윈은 급진파 잔당들에게 접근하기 시작했다.

급진파 잔당은 반체제 세력이니 제법 매력적인 동료라고 할 수 있었다. 하지만 조직은 거의 괴멸된 거나 다름없었고, 라이가는 연금 중이라 그들의 의사를 직접 확인하기 어려웠다. 즉 지구에 있는 반달리온파 잔당 입장에서는 동료로 삼기에는 위험부담이 지나치게 큰 상대였다. 실제로 동맹 얘기를 꺼내자 정보가 유출됐다. 가뜩이나 조직이 붕괴된 상태인데 지도층의 결속력이 강한 것도 아니고, 정보 관리도 철저하지 못했으니 당연한 결과였다.

하지만 그게 바로 라르그윈의 노림수였다. 대지의 백성 쪽에서 다시 반란 정보가 흘러나오면 코타로 일행은 움직일 수밖에 없다. 즉 난공불락의 코로나장을 떠나야 한다는 뜻이다.

그리고 라르그윈은 미리 지저 세계에 병력을 숨겨놓고 코타로 일행이 오기를 기다렸다. 라이가를 통해서 정보가 유출됐을 때는 놀랐지만, 그 이후로는 거의 라르그윈의 예상대로 상황이 흘러갔다. 병력 분단도 어느 정도 성과를 거두었으니, 이제 카스미 가문 저택을 기습하는 것만 남은 상황이었다.

“……이런 일을 꾸미고 계셨군요.”

“솔직히, 비밀 기지 쪽으로 한두 놈 더 가 줬으면 좋았을 텐데 말이야. 뭐, 배부른 소리이지만.”

카스미 저택 뒤에는 산이 있다. 라르그윈 일파는 그 숲속에 진을 치고 돌입할 기회를 엿보고 있었다.

“그나저나 화스터, 녀석들의 상황은 어떻지?”

“조금 전부터 제일 안쪽 회의실에 틀어박혀서 무언가 하고 있는 것 같습니다.”

“뭐, 동료가 적의 기지에 잠입했으니 그걸 백업하고 있겠지. 겸사겸사 추후 작전에 대해 논의하고 있을 테고.”

반달리온파 잔당 소속 저격수인 화스터는 정보 수집 능력이 뛰어나다. 그래서 초장거리 저격수로 활동할 수 있었다. 지금 그녀는 그 능력을 유감없이 발휘해서 카스미 저택 내부를 염탐하는 중이었다. 하지만 아직 공격 태세를 갖추기 전이라서 적극적인 정보 수집은 불가능했다. 그래서 각종 관측 장비와 소형 정찰기를 동원하여 적에게 들키지 않는 거리에서 카스미 저택의 정보를 수집했다. 다행히 카스미 저택은 목조 건물이라서 이 정도로도 많은 걸 알아낼 수 있었다.

“잠입팀을 제외한 멤버들은 전부 이 방에 모여 있습니다.”

“그렇다는 건 저들에게 중요한 국면이라는 뜻이군. ……총원 전투태세로 대기, 지시를 기다려라!”

하루미와 루스가 우라가를 미행하는 동안 코타로 일행은 저마다 개인 시간을 보냈다. 훈련을 하는 사람, 식사를 하는 사람, 툇마루에서 낮잠을 자는 사람 등등. 계속 회의실에 있던 것은 두세 명 정도다. 그런데 지금은 모두 회의실에 있다. 즉 잠입팀 두 명이 기지 안에 들어갔다고 추측할 수 있었다. 유사시에는 두 사람을 구출하러 출동해야 하기 때문이다. 달리 말하자면 라르그윈 일파가 공격을 개시할 시간이 가까워졌다는 뜻이기도 했다. 코타로 일행의 이목이 하루미와 루스에게 궁극적으로 집중되는 순간이 바로 공격을 감행할 기회다.

"라르그윈 님. 기지 창고에 배치해둔 기동병기의 신호를 수신했습니다! 대기 모드를 해제하고 전투 모드로 전환했습니다!"

"10초 후 작전을 개시하겠다. 카운트다운 시작!"

기동병기가 적을 인식하고 실제로 첫 공격을 시작할 때까지는 몇 초가 걸린다. 그리고 기지에 포르트제의 병기가 있음을 알게 된 코타로 일행이 대처에 나서기까지 추가로 몇 초가 더 걸리게 된다. 그렇게 코타로 일행의 모든 의식이 하루미와 루스에게 집중되는 그 순간에 라르그윈은 카스미 저택으로 돌격할 예정이었다. 그것이 10초를 기다리는 이유였다.

"카운트 종료까지 5, 4, 3, 2, 1, 작전 개시!"

"전원 돌격! 전속력으로 전진해! 적에게 생각할 여유를 주지 마라!"

카운트가 끝나는 동시에 반달리온파 잔당은 일제히 공격을 개시했다. 뒷산이라고 해도 카스미 저택과 다소 거리가 떨어져 있었기에 탈것을 이용한 돌격을 감행했다. 탈것을 이용하면 은밀한 행동이 어려우니 기습이라도 금방 발각될 터였다. 하지만 그 반면에 보병용 무기보다 훨씬 강력한 무기를 쓸 수 있다는 장점이 있었고, 그 장점은 금세 발휘되기 시작했다.

"사정거리에 들어오는 대로 공격 개시!"

최초로 발사된 무기는 빔포였다. 포르트제의 지상전은 대부분 빔 포격으로 시작됐다. 레이저 무기가 실용화되었기 때문에 미사일은 썩 효과적이지 않았고, 레이저는 레이저대로 대기 중에서 산란되는 특성 탓에 위력 감소가 심했다. 그래서 소거법을 따라 에너지를 최대로 충전한 빔포로 포격하는 것이었다.

"적의 방어 장치가 작동, 대응 사격이 날아옵니다!"

양군의 포격이 교차했다. 무기는 공교롭게도 양측 모두 빔포였다. 하지만 빔을 구성하는 요소에는 큰 차이가 있었다. 라르그윈 일파는 초고열 중금속 입자, 저택의 대응 사격은 파괴 성질을 부여한 영력이었다. 상성 문제로 양측 모두 방어하기 어려운 데다가 일격필살의 위력을 지니고 있었다.

"지금 움직여봤자 늦었어! 우리는 이미 여기까지 왔단 말이다!"

카스미 저택에서 쏟아지는 포격에 아군 차량이 피해를 입어도 라르그윈은 여유로운 미소를 잃지 않았다. 이 정도 손실은 이미 예상한 바였다. 그리고 여기서부터는 너무 가까워서 포격하기 어렵다. 라르그윈은 자신이 계획한 대로 정확한 타이밍에 카스미 가문 저택에 돌입했다.

코타로 일행이 라르그윈의 접근을 알아차린 것은 그들이 뒷산에서 빠져나온 직후였다. 라르그윈 측은 처음부터 지저에 병력을 숨겨두었기 때문에 공간 왜곡 반응 등으로 그들을 포착하는 것은 애초에 불가능했다. 따라서 약간 늦게 대처할 수밖에 없었다. 그리고 약간 늦는 정도로 그칠 수 있었던 것은 키리하가 적의 공격을 예측한 덕분이었다. 라르그윈의 암약이 아니더라도 대지의 백성 급진파 잔당이 습격해올 가능성이 있었다. 키리하를 해치우고 라이가를 구출하는 두 가지 목적을 동시에 달성할 수 있는 절호의 기회였기 때문이다.

"고에너지 반응과 공간 왜곡 반응 감지! 키이, 역시 뒷산이어요!"

적이 카스미 저택을 습격한다고 가정했을 때 예상되는 공격 루트는 여러 개가 있는데, 그중에서 키리하가 제일 확률이 높다고 생각한 것은 뒷산이었다. 그리고 뒷산에서 공격할 거라고 예측한 덕분에 코타로 일행은 침착하게 대처할 수 있었다.

"영자력 필드 전개, 포문 개방, 포격 개시!"

클란의 보고를 받은 키리하는 신속하게 지시를 내렸다. 적의 공격을 예측했으면서 아무 대책도 세우지 않는 것은 어리석은 짓이다. 그래서 키리하는 카스미 저택에 이동식 영자력 필드 발생 장치와 영자력 빔포를 가져왔다. 그것들을 이용해서 적의 진격을 늦추고 코타로를 비롯한 전투 요원이 전투태세에 들어갈 시간을 벌 생각이었다.

"냐하하하하핫~. 우현 탄막이 얇어~! 뭐 하는 거야~!"

포격 담당자는 사나에였다. 영자력 관련 무기는 그 특성상 사용자의 영능력에 큰 영향을 받는데, 사나에의 경우 적당히 되는대로 발사 버튼을 눌러도 자신의 영능력으로 억지로 유도해서 적중시킬 수 있었다. 또한 원래 생물체에 치명적인 영자력 빔포는 비살상 무기로 바뀌었다. 지금 사나에가 쏘는 영자력 빔포는 차량은 쉽게 파괴해도 어째서인지 사람은 죽지 않는 대단히 불가사의한 무기로 변모했다. 그래서 반달리온파 잔당 병사들은 의식을 잃은 아군을 후퇴시키는 데에 인원을 투입해야 했기 때문에 사나에는 효율적으로 적의 병력을 줄이고 있었다.

『이런, 키리하! 저택 돌담이 공격받고 있어! 곧 구멍이 뚫릴 것 같아!』

적을 요격하기 위해 저택 뒤쪽으로 돌아간 시즈카가 비명 섞인 목소리로 보고했다. 카스미 가문은 유서 깊은 전사 집안이지만, 저택이 전투의 거점이 된 것은 수백 년 전 일이다. 그 시절에 세운 돌담은 현대의 전투 방벽으로 쓰이기에는 취약했다. 또한 영자력 필드는 본디 물리적인 공격에 대한 방어 효과가 떨어졌다. 빔 공격을 완벽하게 막는 것이 아니라 피해를 줄일 뿐이었으니, 이대로 계속 피탄당하면 시즈카가 말했듯이 돌담이 뚫리는 것은 시간문제이리라.

"유리카, 뒤뜰에 도착하는 대로 돌담을 강화해다오!"

『알겠습니다아! 그치만 그렇게 오래는 못 버텨요오.』

"잠깐만 버티면 돼! 저들의 목적은 저택에 돌입하는 거니까!"

무지막지한 포격에 노출된 라르그윈은 사나에가 포격을 중지할 수밖에 없는 곳으로 접근하려 하고 있었다. 또한 상황적으로 그들의 목적은 코타로와 그 동료 중 누군가를 죽이는 것일 테니, 그런 의미에서도 거리를 벌리려고 하지는 않으리라. 유리카가 마법으로 돌담을 지탱하는 시간은 30초도 필요 없을 터였다.

뒤뜰에는 시즈카 외에 코타로와 티아도 있었다. 이 세 사람은 적이 공격을 개시한 직후에 이 위치로 이동했다. 참고로 마법사인 유리카는 돌발 상황에 유연하게 대처할 수 있는 만큼 처음에는 저택 중심부에서 대기하고 있었다. 하지만 적은 뒷산 쪽에서만 습격해왔으니 그녀도 곧 이곳으로 달려올 터였다.

"흐흥, 드디어 소녀의 차례가 왔구나."

티아가 당당하게 웃었다. 지금 티아의 키는 거의 5미터에 육박했다. 이는 컴뱃 드레스의 장비 중 하나인 그래플 블랙 덕분이었다. 그래플 블랙은 이름 그대로 격투전에 특화된 장비로, 원래는 컴뱃 드레스에 무기를 장착하기 위한 하드포인트에 격투전용 팔다리를 부착한 것이다. 간략하게 설명하자면 강화복과 탑승형 로봇의 중간쯤 되는 장비라고 할 수 있다. 그리고 이로 인해 티아는 5미터의 거인이 된 것이었다.

까앙!

티아가 자신만만하게 자신의 손과 주먹을 맞부딪치자 그래플 블랙의 강철 손도 똑같은 동작을 취했다. 그래플 블랙에는 몇 가지 무기가 탑재되어 있었지만 가장 큰 무기는 역시 질량이었다. 그래플 블랙이 양손을 맞부딪치는 묵직한 소리가 주변에 울려 퍼졌다.

"티아, 이번에는 네 어깨의 짐이 무겁겠지만…… 부탁한다. 사각지대는 내가 지켜줄게."

"웬일로 솔직하구나, 코타로."

"지금은 사쿠라바 선배가 여기 안 계시니까, 나는 전력을 발휘할 수 없어. 그리고……."

"그리고?"

"……그리고 나는 너희를 좀 더 믿어 보기로 했어. 사쿠라바 선배랑 루스 씨를 보냈을 때처럼."

"흐흥, 드디어 그대도 깨달은 모양이로구나! 걱정 말거라. 그대의 주군은 위대하니라!"

코타로의 대답을 들은 순간 티아의 사기가 최대로 올라갔다. 콧김의 기세가 더욱 강해졌고 눈동자에서는 자신감이 철철 넘쳤다. 그리고 그 감정의 고양에 반응한 것인지 티아의 이마에 붉은 검의 문양이 떠올랐다. 그 힘은 전신에 퍼졌으며, 남은 몫은 그래플 블랙을 뒤덮었다.

"저기, 사토미 군. 나한테는 뭐 없어?"

시즈카는 가벼운 스트레칭으로 몸을 풀면서 웃었다. 그녀의 눈동자에는 장난스러운 빛이 깃들어 있었다.

"그런 말씀 하셔도, 카사기 씨는 원래 저보다 훨씬 강하잖습니까."

"어휴, 정말…… 총에 맞는 게 얼마나 무서운데! 이래 봬도 명색이 여자애거든?"

"……몬나카당의 크림 팥빙수는 어때요?"

“그 말 책임질 수 있겠어? 나중에 없던 일로 하자고 빌어도 안 들어줄 거다?”

“네, 약속 꼭 지키겠습니다.”

“오케이!”

시즈카는 웃으면서 그렇게 대답한 다음 마지막으로 한 번 크게 기지개를 켰다. 그리고 다시 포격을 받고 있는 돌담 쪽을 보았을 때, 시즈카의 얼굴에는 웃음 대신 전의가 자리했다. 그리고 그녀의 이마에는 티아처럼 검의 문양이 떠오르고 있었다. 이 전투가 끝날 때까지 시즈카는 소녀의 얼굴로 돌아가지 않을 것이다.

“마, 많이 기다리셨죠오!”

그리고 드디어 유리카가 도착했다. 저택 중심부에서 허겁지겁 달려온 유리카는 숨을 거칠게 헐떡이고 있었다.

“바로 부탁할게.”

“네에! 큐어링 에이전트·모디파이·에어리어 이펙트·라지!”

숨을 고를 틈도 없이 유리카는 곧바로 주문을 영창했다. 그것은 일시적으로 물질의 구성을 더욱 견고하게 만드는 마법을 발동하는 주문이었는데, 유리카는 이 마법으로 지금도 포격을 받고 있는 돌담의 내구력을 좀 더 강화할 생각이었다. 유리카가 주문을 영창하자 그녀가 들고 있는 지팡이가 주황색으로 빛나기 시작했다. 그 빛은 이윽고 지팡이와 분리되어 크게 팽창하더니 눈앞에 있는 돌담을 감쌌다.

“이걸로 몇십 초는 더 버틸 수 있을 거예요!”

“잘했어! 유리카, 넌 일단 나랑 같이 티아와 카사기 씨를 지원하자! 중간부터는 네 판단에 따라 움직이고!”

“엣…….”

이때 코타로가 내린 지시에 유리카는 눈을 동그랗게 떴다. 첫 번째 지시의 의도는 이해했다. 앞으로 나서는 두 사람에게 공격이 집중될 테니 마법으로 보호해줄 필요가 있었다. 문제는 두 번째 지시였다.

—내 판단에 따라, 움직여……?

그것은 유리카가 이제까지 들어본 적 없는 지시였다. 유리카는 항상 누군가가 지시하는 작전을 따라 싸워왔다. 지시하는 사람은 대체로 키리하나 티아, 코타로였다. 자신의 판단으로 싸우는 것은 지시가 늦어졌을 때, 혹은 부득이하게 단독 행동이 필요할 때뿐이었다. 하지만 지금 코타로의 입에서 튀어나온 것은 자기 자신의 판단을 따라 싸우라는 지시였다. 전례 없는 일이었기 때문에 유리카는 당황스러웠다.

“어때, 할 수 있겠어?!”

하루미의 부재로 인해 시그날틴은 본래의 힘을 발휘할 수 없는 상황이었다. 그래서 지금 코타로 일행에게는 유리카의 지원이 필요했지만, 아마도 코타로는 유리카에게 일일이 지시를 내릴 여유가 없을 터였다. 티아가 부족한 전력을 보충하기 위해서 가져온 그래플 블랙은 강력하지만, 덩치가 워낙 크다 보니 사각지대가 있어서 그곳을 공격당하지 않도록 보호해줄 필요가 있기 때문이다.

“하, 할게요! 맡겨주세요!”

유리카는 눈을 강하게 빛내며 힘껏 고개를 끄덕였다. 유리카는 기뻤다. 비록 그럴 수밖에 없는 상황이라지만 코타로가 자신을 믿어 준 것이. 코타로는 루스와 하루미를 믿고 보낸 것처럼 유리카도 믿어주었다. 유리카는 그 신뢰를 배신할 수 없었다. 왜냐하면 그녀의 이마에도 검의 문양이 새겨져 있으니까. 유리카는 애용하는 지팡이, 엔젤 헤일로를 꽉 쥐고 당당하게 코타로 곁에 섰다.

라르그윈이 이끄는 반달리온파 잔당들이 뒷문을 돌파한 것은 유리카가 뒤뜰에 도착하고 십여 초가 지난 후였다. 마법으로 강화되긴 했지만, 뒷문에는 차량의 돌진을 막을 수 있는 내구력이 없었다. 그리고 차량이 충돌하며 강제로 열린 문틈을 통해 많은 인원과 병기가 부지 내에 침입했다.

현재 라르그윈이 보유한 병력은 보병 32명과 보병 화력 지원용 경기동병기 2기. 뒷산에서 출격했을 때는 1개 소대 40명이었으나, 사나에의 포격에 4명이 쓰러졌고, 그들의 후퇴를 돕기 위해 4명이 빠졌다. 하지만 이 정도 손실은 예상했기 때문에 라르그윈은 병력을 이끌고 그대로 진격했다.

그들의 요격에 나선 멤버는 코타로, 티아, 시즈카, 유리카 네 명과 코우마의 사병 여덟 명. 코타로 일행의 숫자는 적의 절반 이하였지만, 능력의 차이를 감안하면 결코 불리하다고 할 수는 없었다. 물론 라르그윈 일파는 포르트제의 군용 장비를 쓰고 있기에 단순한 공격력은 티아에 필적했다. 방심할 수 없는 상대였다.

"……이렇게 직접 보는 건 처음이군, 레이오스 파트라 벨트리온 경. 나는 반달리온 가문의 라르그윈 바스다 반달리온이다. 앞으로 잘 부탁하지."

코타로 일행은 놀라움을 감출 수 없었다. 왜냐하면 선두에 서서 지휘하는 사람이 바로 라르그윈 본인이었기 때문이다. 신중함과 뛰어난 지성으로 유명한 인물인 그가 설마 앞장서서 자신들과 싸우리라고는 예상하지 못했다.

"라르그윈…… 설마 본인이 직접 나올 줄은 몰랐는데."

"슬슬 인사할 때가 된 것 같았거든. 이래 봬도 숙부님께 은혜를 입은 몸이라서 말이야."

코타로는 라르그윈의 숙부, 반달리온 경의 목숨을 빼앗은 원수다. 반달리온은 최종적으로 혼돈에 휩쓸려 이 세상에서 소멸했지만, 그 계기를 만든 사람은 틀림없는 코타로다. 때문에 라르그윈으로서는 코타로가 어떻게, 누구에게 죽는지 직접 확인해야만 미련이 남지 않을 것 같았다. 쥐도 새도 모르게 원수의 목숨을 빼앗는 단순한 암살은 복수라고 할 수 없었다.

"하지만 네 복수에 당해줄 생각은 없다고, 라르그윈. 내게도 지켜야 할 의리와 갚아야 할 은혜가 있거든."

스르릉—.

코타로는 허리의 칼집에서 시그날틴을 뽑았다. 이 순간 코타로는 여느 때보다 진지했다. 코타로가 푸른 갑옷을 입고 이 검을 뽑아 든 이상 기사로서 그에 걸맞은 태도와 행동을 보여야 했다. 2천 년 전 세계에서 함께 살았던 사람들을 위해서.

"그래, 그 2천 년의 무게가 널 전설로 만들고 있지. 쓰러뜨리려는 입장으로선 골치 아픈 문제야."

철커덕.

라르그윈은 라이플을 들어 올렸다. 그는 기사 가문 출신이었지만 코타로에게 검으로 맞설 생각은 털끝만큼도 없었다. 자신이 검을 들고 싸워 봤자 코타로의 상대가 안 된다는 것을 알고 있기 때문이다. 라르그윈은 기사의 명예를 고집하다가 지는 취미는 없었다. 어떤 비겁한 수를 쓰더라도 복수만 성공하면 그만이었다.

"말은 그렇게 해도, 승산이 있으니까 일을 벌인 거 아니야?"

코타로는 무언가 꺼림칙했다. 이제까지 라르그윈이 보인 행보로 미루어 보건대, 그가 승산이 없는데 일을 벌였다고 생각할 수는 없었다. 특히 이번에는 라르그윈 본인이 직접 모습을 드러냈다. 무언가 필승의 계책이 있다고 봐야 마땅했다.

"그건 그렇지. 병력을 허투루 소모할 수는 없으니까."

"그렇다면 이 대화도 그 일환이라는 뜻이겠군!"

코타로는 그렇게 말하며 아무런 예고도 없이 오른손의 시그날틴을 크게 휘둘렀다.

퍼억!

코타로 왼쪽에 있던 무언가가 시그날틴에 맞고 나가떨어졌다. 그 정체는 라르그윈이 코타로의 주의를 끄는 동안 열광학 위장을 이용해서 모습을 감추고 접근해 온 암살자였다.

"공격 개시!"

그리고 그것이 신호탄이었다. 라르그윈은 대화를 중단하고 빈손을 들어 부하 병사들에게 공격을 명령했다. 그러자 라르그윈을 포함해서 32명의 병사들이 일제히 행동을 개시했다. 뒤뜰에 있는 엄폐물 뒤에 숨거나, 장갑이 두꺼운 기동병기를 앞세우고 함께 전진하는 등 행동 양상은 다양했다. 라르그윈 자신도 엄폐물 뒤에 숨어서 라이플을 쏘기 시작했다.

'열광학 위장 때문에 안 보였을 텐데, 간격에 들어오는 순간 쓰러뜨렸지……. 총격에도 말도 안 되는 속도로 반응하는 듯하고……. 역시 청기사는 우리가 감지 못하는 무언가

를 감지하고 있어. 소리도, 전자파도 아닌 무언가를……. 이지저 세계의 기술인가, 아니면……'

이때 라르그윈은 단순히 공격만 하는 게 아니라, 다양한 공격에 대해 코타로가 어떻게 반응하는지 관찰하고 있었다.

"청기사를 제외한 적에게 화력을 집중해라!"

코타로를 직접 공격해봤자 효과가 미미하고, 코타로를 쓰러뜨리려고 기를 쓸수록 거의 페이스에 말려들게 된다— 그 사실을 간파한 라르그윈은 코타로에 대한 공격을 견제 정도로 제한하고 다른 적을 노리기 시작했다. 어차피 코타로를 공격한들 쓰러뜨릴 수 없거니와 일방적으로 공격당할 뿐이다. 그렇다면 다른 적을 노리는 게 더욱 효율적으로 적을 줄일 수 있다. 그렇게 적을 줄인 다음에 전력을 다해서 코타로를 쓰러뜨릴 심산이었다. 또한, 애초에 라르그윈은 예전부터 코타로의 동료를 줄이고 싶었기 때문에, 그런 의미에서도 다른 적을 노리는 게 정답이었다.

"코타로, 적이 늘어났다!"

"이놈들이……!"

그리고 이 작전 변경이 결과적으로 코타로의 자유를 빼앗게 되었다. 티아는 그래플 블랙의 강력한 공격력을 내세워서 적을 몰아붙이고 있었지만, 몸집이 거대한 탓에 사각지대가 많았다. 적이 뒤쪽으로 돌아가서 관절 부위를 노리거나 하면 궁지에 처할 위험이 있었다. 또한 카스미 가문의 사병들은 약하지는 않았으나 수가 적었다. 적이 머릿수로 밀어붙이면 순식간에 무너지리라. 그래서 코타로는 자연스럽게 티아와 사병들을 지원하는 데 치중해야만 했고, 적을 적극적으로 공격할 기회가 줄어들었다.

'청기사의 약점 중 하나는, 그가 청기사라는 점이지…….'

전황이 호전된 것을 보고 라르그윈은 비릿하게 웃었다. 라르그윈은 이제까지 습득한 정보를 분석해서 청기사— 코타로의 약점을 몇 개 발견했다. 그의 동료를 노리는 이번 작전은 그 약점 중 하나를 이용한 것이었다.

쿠웅! 두두두—.

"크으윽!"

이윽고 방어하느라 정신이 없는 코타로에게 라르그윈 일파의 공격이 명중하기 시작했다. 코타로를 직접 노리면 가뿐히 피해버리지만, 그는 아군에게 쏟아지는 공격을 자기가 대신 방어한다. 즉 코타로를 공격하지 않으면 코타로를 공격할 수 있다— 이것도 아군을 버리지 않는 코타로이기에 가진 약점이라 할 수 있으리라.

"사토미 군, 티아! 괜찮아?!"

"바로 도와드릴게요오!"

시즈카, 유리카도 코타로, 티아와 비슷한 상황이었다. 시즈카의 필승 패턴은 특출한 공격력과 방어력을 믿고 적진에 뛰어들어 정신없이 휘젓고 다니는 것이다. 하지만 시즈카는 전투 초반에 코타로처럼 암살자의 암습에 대처하느라 한발 늦고 말았다. 그래서 시즈카가 암살자를 처리했을 때 라르그윈 측은 이미 진형을 갖추고 전투태세에 들어간 뒤였다. 그때부터 적의 공격은 유리카에게 집중됐고, 시즈카는 그녀를 커버하느라 막강한 공격력을 제대로 활용할 수 없었다. 하지만 라르그윈 일파의 공격이 코타로 쪽에 치우친 편이라서 시즈카와 유리카에게는 약간의 여유가 있었다. 그리고 그녀들은 그 여유를 이용해서 코타로와 티아를 도우려고 했다.

"이쪽은 괜찮아! 유리카, 네가 공격해야 이길 수 있어!"

"그치만……!"

"이렇게 계속 수비적으로 싸우다간 머릿수에 밀려서 질 거야! 누군가가 공세에 나서야 해!"

애초에 코타로 일행은 수적으로 열세였다. 적의 무기가 티아와 동급인 이상 지금처럼 단순한 힘 싸움으로 맞붙는다면 패배는 불을 보듯 뻔하다. 어떻게든 이 구도 자체를 뒤집을 필요가 있었다. 그럴 수 있는 사람은 현재로서는 유리카 한 명뿐. 시즈카는 유리카를 지키느라 바빴기 때문에 유리카가 해야만 하는 일이었다.

"그래, 유리카!! 지금이야말로 마법소녀답게 싸울 때 아냐?!"

"마법소녀답게…… 네엡, 해 볼게요!"

유리카는 이제까지 거의 누군가의 뒤를 따라다니며 싸워 왔기 때문에 당황스럽고 불안했다. 하지만 시즈카의 그 말을 듣고 떠올렸다. 자신이 무엇을 동경하고 있었는지를. 애니메이션에 나올 법한 마법소녀. 그리고 나나를 만난 뒤로는 그녀가 목표가 되었다. 과연 나나라면 이럴 때 어떻게 했을까? 그 답은 분명했다. 유리카는 알고 있었다. 그 어떤 강대한 적도 두려워하지 않고 맞서는, 누구보다도 작으면서 누구보다도 큰 등을.

"저는 사랑과 용기의 프린세스☆마법소녀 레인보우 유리카! 이 세상의 평화는, 제가 지키겠어요!"

유리카는 그렇게 말하며 스스로를 독려했다. 그리고 코타로 일행 쪽으로 달려가다 말고 공격해 오는 적군의 중심 쪽으로 방향을 틀었다. 나나처럼 화려하게 싸울 수는 없을 것이다. 그래도 유리카는 꽤나 과감한 방식으로 싸울 수 있었다. 그리고 그때 자신의 뒷모습이 나나처럼 보이면 그것으로 충분했다. 유리카는 그저 그것만을 바라며 양손으로 지팡이를 단단히 잡았다.

적들 중에서 가장 화려하게 차려 입은 소녀가 방향을 전환했을 때, 총으로 그녀를 공격하던 병사들은 순간적으로 시야에서 그녀를 놓쳐버렸다. 소녀가 이동하는 경로를 따라 총을 움직이며 쏘고 있었기 때문에 그녀의 급격한 방향 전환을 따라가지 못한 탓이었다. 하지만 실전에서는 흔한 상황이라서 그들은 훈련한 대로 침착하게 소녀의 모습을 다시 조준했다. 복장이 화려해서 눈에 확 띄는 덕분에 찾느라 헤맬 필요도 없었다. 그러나 그들이 다시 방아쇠를 당겼을 때, 병사들은 아군 중 누군가가 던진 것으로 보이는 수류탄이 소녀의 발밑으로 빨려 들어가듯 굴러가는 것을 보았다.

콰쾅!

땅을 뒤흔드는 굉음과 함께 소녀의 모습이 사라졌다. 남은 것은 폭발로 인해 움푹 파인 흔적과 자욱한 연기뿐이었다.

"흥, 멍청하군. 괴상하게 차려입은 여자 혼자서 뭘 할 수 있는데? 좋아, 다들 일단 뒤로 빠져서 거리를 벌려라!"

소녀가 쓰러졌다고 판단한 분대장은 부하들을 후퇴시켰다. 남은 한 명의 소녀가 근접전 전문가이자 방어력이 매우 강하다는 것은 알고 있었다. 더는 화려한 소녀를 보호할 필요가 없어진 그녀가 공세에 나설 게 분명하므로, 연기로 시야가 가려진 틈을 타 일단 거리를 두고 공격을 집중하기 위해 대열을 재편성할 필요가 있었다. 그런데 그때 이상한 일이 벌어졌다. 부하 중 몇 명이 지시를 무시하고 그 자리에 멍하니 서 있었다.

"뭐 해? 후퇴하란 명령 못 들었어?"

명령을 못 듣는 것은 흔한 일이다. 폭음에 묻혀서 못 듣거나 필사적으로 싸우느라 주의가 분산되는 등 이유는 다양했다. 그리고 유능한 지휘관이라면 그런 돌발적인 문제에도 대처할 수 있어야 한다. 그런 의미에서 부하들의 행동을 제대로 확인한 이 분대장은 유능한 분대장이라고 할 수 있었다.

"……."

하지만 분대장의 두 번째 지시에도 문제의 병사들은 침묵으로 일관했다. 부하 여러 명이 두 번 연달아 지시를 무시하는 것은 아무리 그래도 이상하다. 불길함을 느낀 분대장은 다시 한 번 입을 열었다.

"너희들—."

털썩—.

그때였다. 멍하니 서서 움직이지 않던 부하 여러 명이 그 자리에 맥없이 쓰러졌다. 마치 꼭두각시의 줄이 끊어진 것처럼.

"이봐, 저 녀석들을 데려와!"

"알겠습니다!"

이 분대장은 쓰러진 부하를 전장에 버려둘 정도로 매정한 성격이 아니었다. 그는 쓰러진 부하들과 같은 수의 부하를 보내서 그들을 회수하려고 했다. 하지만 그 지시는 치명적인 실수였다.

털썩—.

"뭐야?!"

이번에는 동료들을 회수하러 간 자들이 쓰러졌다. 그제야 그는 깨달았다. 자신들이 모종의 공격을 받고 있다는 것을.

“위치를 사수해라! 무언가 우릴 공격하고 있다! 가면 저 녀석들처럼 될 거야!”

다른 부하들이 쓰러진 동료들을 구하러 가려고 하자 분대장은 당황하여 그들을 제지했다. 그리고 머릿속으로 재빨리 상황을 정리했다.

‘전조도 없이 픽 쓰러졌는데…… 공격 수단은 뭐지? 눈에 띄는 공격은 없었어. 수류탄이 터졌을 뿐이지. 그나저나 저 연기는 이상하게 오래 가는군. 잠깐, 연기……? 아니, 애초에 누가 던진 수류탄이지?!’

분대장은 퍼뜩 깨닫고서 정면을 보았다. 연기는 여전히 그곳에 남아 있었다. 바람이 불지 않으면 연기는 쉽게 흩어지지 않지만 이곳은 그렇지 않았다.

“저 연기를 마시면 안 돼! 가스일지도 모른다!”

애초에 처음부터 이상했다. 수류탄은 피아 구분 없이 피해를 입히는 무기라는 특성상 아군과의 연계를 고려해서 사용해야 한다. 따라서 분대장이 지시했을 때, 혹은 수류탄 투척자가 경고한 후에 던지는 게 보통이다. 그런데 분대장은 수류탄 투척 지시를 내리지 않았고, 투척을 경고한 사람도 없었다. 어쩌면 『수류탄이 발밑으로 굴러가는 입체 영상』을 보여줬을 뿐 아닐까? 그리고 연기의 중심에 독가스를 뿜어내는 드론 같은 게 있다면? 분대장은 전율했다. 그는 라르그윈에게 들은 이야기가 있었다. 적중에는 입체 영상을 이용한 양동 작전이 특기인 자가 있다고. 반달리온은 그것 때문에 몇 번이나 고배를 마셔야 했다고.

"겉모습에 속았구나! 저 계집, 보이는 게 다가 아니야!"

결과적으로 분대장은 의상과 수류탄, 두 개의 겉모습에 완벽하게 속고 말았다. 의상을 보고 무시한 탓에 수류탄 입체 영상에 아군을 잃었다. 딸만한 나이의 소녀의 농간에 넘어간 분대장은 분에 못 이겨 이를 뿌득 갈았다. 하지만 그의 불행은 아직 끝나지 않았다.

"분대장님, 연기가 움직이기 시작합니다!"

분대장이 간파했기 때문일까. 그때까지 멈춰 있던 연기가 소용돌이를 일으키며 마치 의지를 가진 생물처럼 그들에게 접근했다. 분대장은 아군에게 후퇴 신호를 내리며 자신도 후퇴했다.

"절대 연기를 마시지 마! 연기를 마시면—."

그렇게 외치는 순간, 갑자기 분대장의 눈앞이 캄캄해졌다.

'말도 안 돼, 나는 연기를 안 마셨어……. 그런데 왜……?'

그것이 적의 공격이라는 것은 바로 알아차렸다. 하지만 문제의 연기는 아직 제법 떨어져 있었기에 그럴 리가 없다는 생각 쪽이 강했다. 그 의문에 대한 답은 다름 아닌 화려한 소녀가 주었다.

"안심하세요. 그 가스는 잠시 의식을 잃게 할 뿐이니까요."

놀랍게도 그 소녀는 연기 속에서 나타났다. 그리고 분대장은 그제야 모든 것을 깨달았다.

'공격에 사용한 가스는 무색 투명…… 연기도 입체영, 상……'

화려한 복장, 폭발, 그 후에 남은 연기. 그 모든 것이 눈속임. 소녀는 수류탄에 쓰러진 척하며 시야에서 사라지고, 연기 속에 숨어 무색투명한 가스를 이용해서 공격한 것이었다. 연기를 가스로 오인한 시점에서 병사들은 가스 공격을 피할 길이 없었다.

"……예전부터 생각했는데, 제일 진지하게 만들면 안 되는 사람은 사실 유리카가 아닐까……."

그리고 가스로 쓰러뜨리지 못한 자는 또 한 명의 소녀가 접근해서 쓰러뜨렸다. 수류탄의 폭발로 공격과 방어를 동시에 숨기는 멋진 전법이었다. 이렇게 모든 것을 이해한 분대장은 더 이상 가스의 효과를 버티지 못하고 그대로 의식을 잃었다.

"……또오, 독가스로 이겨버렸네요오……."

문제는 단 하나. 이 공격을 주도한 인물의 소망은 결코 『천재 화학무기 사용자』가 되는 게 아니라는 점이었다.

유리카가 눈앞의 분대를 퇴각시킨 덕분에 전황은 코타로 일행에게 유리하게 움직이기 시작했다. 시즈카와 유리카는 코타로와 맞서 싸우고 있던 라르그윈 부대의 측면을 공격했다.

"라르그윈, 슬슬 평소처럼 퇴각하는 게 낫지 않겠어?"

"글쎄, 내게 그렇게 큰소리 칠 만큼 여유로워 보이지는 않는걸."

라르그윈의 말처럼 코타로는 상처투성이였다. 티아와 카스미 가문의 사병을 지키는 것을 우선하며 싸운 탓이었다. 티아와 사병들도 코타로처럼 모두 상처투성이였다. 하지만 코타로도 티아도 전의를 잃지 않았다.

"여유는 이제부터 생길 게다, 라르그윈! 우리는 이 때가 오기만을 기다리고 있었으니까!"

티아는 당당하게 웃었다. 사실 방어에 전념한 것은 작전의 일환이었다. 원래부터 수적으로 열세였기 때문에 시즈카와 유리카가 적의 수를 줄여주기를 기다리고 있었던 것이다. 그리고 그 두 사람이 라르그윈의 측면을 공격한 덕분에 코타로 일행은 드디어 공세에 나설 수 있게 되었다. 다혈질인 티아는 지금까지 계속 참느라 욕구 불만 상태였기 때문에 마음껏 날뛰어줄 생각이었다. 코타로 역시 그 생각에 찬성이었다.

"원하는 만큼 날뛰어 봐."

"음! 티어밀리스가 간다! 나의 기사여, 소녀를 따르라!"

티아는 앞으로 걸어나가며 가녀린 팔을 크게 휘둘렀다. 그러자 그녀의 몸을 감싸고 있는 그래플 블랙의 강철 팔이 동작을 그대로 재현했다.

투쾅!

그래플 블랙의 거대한 주먹이 엄폐물과 그 뒤에 숨어 있던 적병들을 한꺼번에 날려버렸다. 5미터의 거구가 휘두르는 팔은 그 자체로 흉기다. 충분한 질량을 가진 금속 덩어리가 고속으로 날아오는 것이니 직격당하고 버틸 수 있는 것은 거의 없다.

"확실히 대단한 파워로군."

"흐흥, 놀랐느냐?"

"널 칭찬하는 게 아니야."

조금 전까지만 해도 이처럼 대담한 공격은 엄두도 낼 수 없었다. 일방적으로 공격당하는 상황에서는 설령 코타로가 지켜준다 하더라도 그 거대한 몸뚱이는 좋은 표적이 될 뿐이다. 하지만 지금 적군은 유리카와 시즈카의 측면 공격에 대처하느라 여유가 없었기 때문에 티아는 대담하게 공격할 수 있었다.

"우측에서 지원군이 온 덕분에 황녀 일행의 숨통이 트이기 시작했나……. 화스터, 아직 멀었나?"

『분석 진행 중입니다만, 아직 오차가 5퍼센트 정도 됩니다.』

"시간이 없다, 당장 시작해!"

『알겠습니다!』

하지만 라르그윈도 호락호락 져줄 생각은 없었다. 포르트제측 핵심 전력인 청기사의 기사단. 그 구성원을 한 명이라도 죽이는 데 성공하면 앞으로의 전투를 유리하게 이끌어나갈 수 있다. 이런 기습 기회는 흔치 않은 까닭에, 여기서 코타로와 티아 같은 정신적 지주, 혹은 정보 담당자를 해치우고 싶었다.

『벨트리온! 뒷산 쪽에서 고에너지 반응을 감지!』

"이 바쁜 와중에……!"

코타로는 적을 한 명 때려눕히고 뒷산의 영상을 확대하여 표시했다. 영상은 싸우는 코타로의 시야를 방해하지 않는 위치에 표시되었다. 코타로는 티아의 배후를 노리려고 하는 적의 발밑에 GOL로 포격을 가하면서 그 영상을 힐끔 확인했다.

"난리 났는데, 클란! 엄청나게 큰 대포야!"

『여기에서도 확인했사와요! 저건 거점 공격용 이동 포대여요!』

뒷산의 고에너지 반응은 초대형 대포가 에너지를 충전하기 시작하며 발생한 것이었다. 이 대포는 이동식 빔포로 포격 대기 중에는 공중을 부유하며 자유롭게 이동할 수 있다. 그리고 포격 시에는 착륙해서 공격 목표를 정확하게 타격한다. 보병 부대에서 사용하는 이동식 대포로써는 최대급 사이즈로, 심지어 하나만 있는 게 아니었다. 총 4문의 대포가 코타로 일행을 노리고 있었다.

"키리하 씨, 저걸 날려버릴 순 없을까?!"

『통상 출력의 영자력 빔은 닿지 않는 거리다. 게다가 사나에가 지금 그대 쪽으로 가고 있어.』

4문의 대포는 뒷산 정상 부근에 배치되어 있었고, 거리는 1킬로미터 이상 떨어져 있었다. 비교적 대구경이긴 해도 중거리 전투용인 영자력 빔포의 사정거리 밖이었다. 사나에가 쏘는 경우는 예외이지만, 그녀는 코타로 일행을 도우러 가기 위해 포수석을 떠났다.

"클란, 뭔가 방법이 없을까?!"

『지금 이 타이밍에는…… 일단 영자력 필드 출력 전― 록온 감지!』

"뭘 노리는 건데?!"

『당신이어요! 대포 4문이 전부 당신을 겨냥하고 있사와요!』

"큭!"

이 타이밍에 초장거리 전투에 돌입한 코타로 일행은 즉각적으로 시도할 수 있는 대책이 없었다. 그나마 유일한 방법이라면 저택을 보호하는 영자력 필드를 전개하는 것이었지만, 대포의 체급을 생각하면 도저히 막을 수 있을 것 같지 않았다. 이때 코타로가 할 수 있는 일은 동료들이 밀집한 위치에서 멀어지는 것뿐이었다.

"전군 후퇴, 지도에 표시된 안전 마커 밖으로 벗어나라!"

『에너지 충전 완료, 포격 준비 완료!』

"이것마저 실패한다면 더는 방법이 없다! 쏴라, 화스터!"

『발사합니다!』

퍼펑—!

산 정상 부근에 설치된 4문의 대포가 거의 동시에 불을 뿜었다. 발사된 것은 직경 수십 센티미터의 강력한 빔. 그것들이 동시에 불을 뿜은 이유는 무엇인가. 바로 코타로를 확실하게 제거하기 위해서였다.

'이건 못 피해……!'

코타로는 그 순간 직격탄을 맞게 되리라는 것을 깨달았다. 포수— 화스터의 살기의 선이 보였지만 온 힘을 다해서 피하려고 해도 공격 범위 밖으로 나갈 수가 없었다. 그도 그럴만했다. 그동안 반달리온파가 수집해온 전투 데이터. 그리고 얼마 전의 저격. 라르그윈은 그 데이터를 분석해서 코타로의 반응 속도와 이동 속도를 산출했고, 그걸 바탕으로 4문의 빔포로 동시에 공격하는 작전을 세웠다. 빔포의 착탄 지점을 엇갈리게 발사해서 점이 아닌 면으로 공격하는 것이다. 이 아이디어는 예전에 에우렉시스가 취했던 전법과 비슷했지만, 그의 경우에는 전투 후의 피해를 고려해서 이 정도 대규모 공격은 실행하지 않았다. 다만 초대형 대포이니만큼 문제점도 많아서 조정하는 데 시간이 꽤 걸렸다. 일단 이날의 교전 데이터까지 분석해서 최종 조정을 마치긴 했으나, 포수인 화스터는 무조건 명중할 거라고 확신할 수 없었다. 아마도 명중하겠지만, 빗나갈 수도 있다고 생각했다. 라르그윈은 그런 화스터가 영 못미더웠지만, 전설의 기사를 상대하는 것인 만큼 그러는 게 당연하다고 납득하고서 사용하기로 마음먹었다. 그리고 고민할 시간도 없었다.

슈파아아아앙—.

발사된 네 줄기의 빔은 거의 평행선을 그리며 뻗어 나갔다. 직경 수십 센티미터의 빔이 수십 센티미터 간격을 두고 위아래로 두 줄기씩 나란히 있었으니, 계산해보면 빔 전체의 직경은 2미터가 넘는 셈이다. 그리고 저격 때보다 거리도 짧기 때문에 빔은 순식간에 가까워졌다. 사실상 눈 깜빡할 사이에 2미터 이상의 범위를 벗어나는 건 제아무리 코타로라 해도 불가능했다.

『에에잇! 몸으로 막아아아앗! 요라아아아아아아아암!!』

『명령을 따르겠습니다, 마이 레이디.』

쿠콰아아아아앙!

그러나 예상을 뒤엎고 빔은 코타로에게 닿지 않았다. 클란이 『요람』에 명령을 내려서 공간 왜곡 항법— 이른바 워프를 통해 억지로 사선상에 끼어들게 한 것이다. 그렇게 빔을 막아낸 『요람』은 비행 능력을 잃고 추락했지만, 덕분에 코타로는 빔에 직격당하는 걸 피할 수 있었다.

"쯧, 황녀의 우주선인가!"

예상치 못한 전개에 라르그윈은 혀를 차며 짜증스럽게 중얼거렸지만 곧바로 평정심을 되찾았다. 싸움은 아직 끝난

게 아니었다.

“덕분에 살았어, 클란!”

『아직 안심할 때가 아니어요! 문제의 대포가 다시 에너지를 충전하고 있다고요!』

“뭐라고?!”

상황은 조금도 호전되지 않았다. 대포는 약 10초면 재충전이 끝난다. 하지만 다시 한번 워프를 통해 우주선을 불러서 막는 것은 어려웠다. 무리하게 공간을 뛰어넘는 데 필요한 에너지는 10초 만에 재충전할 수 있는 것이 아니다. 코타로가 10초 안에 어디론가 피신한다 해도 피신한 곳까지 통째로 날아가 버리리라. 그렇다면 남는 방법은 소녀들의 힘을 모아 지키는 것이지만, 라르그윈의 계략으로 멤버들이 분산된 탓에 힘을 온전하게 발휘할 수 없는 상황이었다. 도저히 이 함정에서 빠져나갈 방법이 떠오르지 않았다.

‘상대가 쏘지 못하도록 라르그윈에게 접근하는 수밖에 없나? 아니면 마법으로 모습을 숨긴다든가….’

코타로는 필사적으로 머리를 굴렸다. 라르그윈은 아군과 함께 후퇴했기 때문에 이제 와서 접근하는 것은 어렵다. 그렇다면 시그날틴의 마법으로 열과 전자파를 차단해서 적의 탐지 장치를 속이는 방법이 있지만, 과연 늦지 않게 마법을 발동할 수 있을지 의문이었다. 그래도 고민할 겨를이 없었기에 코타로가 시그날틴을 들고 마법을 발동하려는 순간—.

『잠깐만요, 제가 갈게요! 시즈카 씨, 제게 마력을 빌려주세요!』

『유리카, 뭘 하려는 건지는 모르겠지만…… 들었죠? 아저씨가 나설 차례예요!』

유리카가 자진해서 나섰다. 그녀는 자신이 하려는 일을 따로 설명하지 않았지만, 시즈카는 일말의 망설임 없이 유리카의 부탁에 응했다. 설명을 들을 여유도 없거니와, 코타로가 죽게 두는 것보다는 체중이 2톤을 넘는 게 훨씬 낫기 때문이었다.

『알았다!』

아르나이아의 대답과 함께 시즈카의 몸 안에 있는 대량의 마력이 이마의 문양을 통해서 유리카에게 쏟아져 들어갔다. 화룡제의 막대한 마력은 순식간에 유리카의 마력을 최대로 회복시켰다.

『리콜·프리캐스트·텔레포트!』

마력이 충분한 상태라면 사용할 수 있는 마법이 있었다. 그것은 마력으로 공간에 구멍을 뚫어서 먼 곳까지 이동하는 텔레포트 마법. 유리카는 그 마법을 사용해서 발사 직전인 대포 바로 옆으로 이동했다.

『그리고 다음은! 로튼 스웜프·모디파이·에어리어 이펙트·라지!』

순간이동을 하자마자 유리카는 남은 마력을 모조리 쥐어

짜서 또 다른 마법을 발동했다. 그 마법은 주위를 부패한 늪으로 바꾸는 마법이었다. 원래는 대상을 늪에 빠뜨려서 이동을 제한하는 동시에 부패시켜서 피해를 주는 고등 마법이지만, 유리카에게는 다른 노림수가 있었다.

"충전 완료!"

『바로 쏴라! 적에게 시간을 주지 마!』

"알겠습니다. 발사합— 꺄아아아아악?!"

화스터가 방아쇠를 당기는 것과 거의 동시에 포수석이 크게 기울었다. 대포 내부의 포수석에서는 바깥에서 무슨 일이 일어나는지 알 수 없었기 때문에 화스터는 황급히 양손으로 몸을 지탱했다.

『뭐냐, 무슨 일이지?!』

"모르겠습니다. 갑자기 포수석이 기울어서……."

『기울어졌다고?!』

이 상황을 제대로 이해하고 있는 사람은 마법을 건 장본인인 유리카뿐이었다. 어떤 대포든 지반이 튼튼하고 안정적이어야만 정확하게 사격할 수 있다. 그런데 그 지반이 갑자기 부패한 늪으로 변하면 어떻게 될까? 대포는 조준이 흐트러지고 발사한 반동으로 균형을 잃었다. 또한 늪에 가라앉으면서 부패에 대한 내성이 없는 부품이 순식간에 썩어 없어졌다. 원래는 대인전에 쓰는 마법이지만, 대포를 대상으로도 막강한 위력을 발휘했다.

『화스터, 당장 탈출해라! 정확히 무슨 일인지는 모르겠지만, 여기서 관측한 바로는 대포 4문이 모두 기울어졌다! 포격을 계속하는 것은 불가능해!』

“알겠습니다!”

『이쪽도 즉시 철수하겠다! F지점에서 합류하자!』

“네!”

그리고 마지막 비장의 카드였던 초대형 대포 책략이 실패로 돌아간 시점에서 라르그윈은 패배를 인정하고 철수하기 시작했다. 라르그윈의 본대는 포격 시점에서 이미 코타로 일행과 거리를 두고 있었고, 유리카는 마력이 바닥났기 때문에 화스터가 달아나는 모습을 보고 있을 수밖에 없었다. 이렇게 코타로 일행은 라르그윈의 기습 공격을 가까스로 막는 데 성공했다.

지저에서 벌인 기습 작전에 실패한 라르그윈은 자신의 거점으로 돌아갔다. 하지만 실패한 사람답지 않게 라르그윈의 기분은 나빠 보이지 않았다. 저격 실패 때와 비교하면 이번에는 명백한 패배였기 때문에, 화스터는 라르그윈의 그런 모습을 의아하게 생각했다.

“무슨 일이냐, 화스터.”

"솔직히, 라르그윈 님께서 왜 화를 내지 않으시는지 신기합니다. 간단히 말씀드리자면 지난번과 같은 모습이시군요."

"……응?"

라르그윈의 표정이 의아하게 변했다. 화스터의 입에서 튀어나온 질문이 뜻밖이었기 때문이다. 그리고 그녀가 그런 질문을 한 이유로 떠오르는 것은 하나밖에 없었다.

"혹시 너한테는 얘기 안 했던가?"

"무슨 얘기 말씀이십니까?"

"사실 우리가 청기사 일당을 공격한 건 양동 작전이었다."

"양동이요? 대체 무엇을 목적으로……."

"지저 세계에서 기술자를 빼오기 위해서지. 우리가 지저를 얼쩡대는 이유를 다른 것으로 보이게 하고 싶었어."

라르그윈은 지상의 기업을 통해서 대지의 백성과 접촉했다. 하지만 그들은 급진파가 아니라, 이미 세력으로는 소멸한 해체파에 속한 자들이었다. 문제의 영자력 차폐장치를 지상에 들고 나온 것은 그들의 친족이었다. 그들은 친족이 사라진 후에도 대대로 해온 일을 이어받아 지금도 기술자로 활동하고 있다. 그래서 라르그윈은 그자들을 친족이든 가족이든 인질로 잡아서 데려갈 계획을 세웠다. 하지만 이 계획을 위해 지저 세계를 얼쩡대면 언젠가 온건파에게 들킬 터였다. 그래서 그 시선을 돌리기 위해 급진파를 이용했다. 이 구도라면 지저에서 암약하더라도 급진파와 관련된 일로 생각하게 할 수 있다. 그리고 실제로 그렇게 돼서 지저의 기술자 몇 명을 납치하는 데 성공했다. 급진파를 미끼로 코타로 일행을 분산해서 공격한 것도, 포격으로 코타로를 쓰러뜨리려 한 것도, 그리고 무엇보다도 라르그윈 자신이 선봉에서서 싸운 것도, 전부 납치에 성공하기 위해서였다. 즉 라르그윈은 목표를 달성했기 때문에 애초에 화를 내야 할 이유 자체가 없었다.

"처음 듣습니다."

"미안하다. 얘기한 줄 착각했어. 아무튼 납치에는 성공했다. 덕분에 우리도 무사히 철수할 수 있었던 거지."

"설마 손에 넣은 겁니까? 군용 등급 영자력 차폐장치를."

"그래. 성능이 정말 대단하던걸. 부대원들의 자취를 완벽하게 숨길 정도라니."

사실 라르그윈 일파는 기술자를 납치하는 과정에서 최신 영자력 기술을 손에 넣었다. 기술자들이 무기나 장치를 새로 생산하려면 시간이 걸리겠지만, 그때까지 징검다리로 쓰기에는 충분한 양이었다.

"순조롭군요."

"그렇지. 처음에는 뜬구름 잡는 얘기 같았지만, 서서히 현실로 다가오고 있어. 이 영자력 기술만으로도 청기사를 타도하는 데 큰 힘이 될 것이다."

본디 라르그윈은 기술을 얻기까지 몇 년 이상 걸릴 것을 각오했다. 전설의 기사가 가진 힘의 수수께끼를 푸는 것은 사실 영화에서나 다룰 법한 일이니까. 그런데 불과 몇 달 만에 첫 번째 힘의 수수께끼가 풀렸다. 앞으로 수수께끼가 몇 개나 더 남아 있을지는 알 수 없었지만, 라르그윈 일파가 큰 장애물을 하나 넘은 것은 틀림없는 사실이었다.

이번 카스미 저택 전투에서 매우 큰 전공을 세운 유리카. 그런데 106호실로 돌아온 그녀는 심기가 대단히 불편했다. 그 원인은 코타로의 어떤 실언 때문이었다.

"왜 그렇게 그런 심한 말을 하는 건가요오, 사토미 씨이!"

"미안하다니까. 다들 계속 긴장하고 있길래 농담으로 풀어보려고 했을 뿐이야."

"이유가 어떻든 간에에, 해도 되는 농담이라앙, 안 되는 농담이 있는 법이에요오!"

"그치만 말야— 부녀자[#1]가 늪에 빠뜨려서 이긴 건 사실이잖아?"

"사나에까지이!"

코타로에게 악의는 없었다. 싸움이 끝나고 코타로가 꺼낸 『결국 부녀자가 늪에 빠뜨리고 말았군』이라는 말에는 티끌

#1 부녀자 BL장르를 즐기는 여성 오타쿠를 뜻하는 은어. 썩을 부(腐)와 여자가 합쳐진 조어이다.

만한 악의조차 없었다. 다만 당시 상황과 너무나도 잘 맞아떨어지는 농담이었던 나머지 모두가 폭소를 터뜨리고 말았다. 물론 모두가 폭소를 터뜨린 이유는 싸움으로 인한 긴장이 풀린 반동도 있지만, 그것을 제외하고도 유리카의 분노는 코타로에게 향하고 있었다.

"저는 부녀자가 아니에요오! 남자애랑 여자애가 제대로 해피엔딩을 맞이하는 작품을 좋아한다구요오!"

"알았어, 유리카. 알았다니까. 넌 어쩌다 보니 산과 독과 부패를 능숙하게 다루긴 하지만 부녀자는 아니야."

"정말 그렇게 생각하세요오?"

유리카는 도끼눈을 뜨고 코타로를 째려보았다. 이제까지 한두 번 당해본 게 아니었기 때문에 의심이 많아졌다.

"생각하고 있어. 근데 말이지, 네가 매일 히죽거리면서 내 커플링을 검토하고 있을지도 모른다고 생각하니까 소름 끼치는걸."

"……."

"어, 너 지금 잠깐 생각했지?"

"새, 생각 안 했어요오!"

유리카는 고개를 마구 가로저었다. 이 의혹만큼은 철저하게 부정하지 않으면, 부녀자로 낙인찍힐 수 있기 때문에 유리카는 필사적이었다.

"니지노 유리카. 놀리는 게 서운하겠지만…… 그만큼 그대가 눈부시게 이겼다는 뜻이야. 인상적인 일은 자주 회자되는 법이지. 당분간은 참을 수밖에 없어."

키리하는 그렇게 말하고 미소를 지으며 찻잔을 들고 차를 한 모금 마셨다. 그리고 키리하는 방 벽에 걸린 시계를 힐끔 바라보았다. 시간은 자정을 넘기기 직전이었다.

"……많이 늦네요……. 별일 없어야 하는데……."

하루미가 키리하의 의도를 헤아리고 살짝 눈썹을 찡그리며 걱정스러운 표정을 지었다. 사실 이때 코타로 일행은 어떤 인물이 106호실로 돌아오기를 기다리고 있었다. 코타로 일행은 그 인물의 무사 귀환 여부에 따라 지저에서의 싸움에 의미가 있었는지, 아니면 헛수고였는지 결정되는 상황이었다. 하지만 그런 사정이 아니었어도 코타로 일행은 그저 기다렸을 것이다. 그 인물도 코타로 일행의 소중한 동료이니까.

"다녀왔습니다."

그래서 그 인물이 현관을 열고 돌아왔을 때, 코타로 일행은 그때까지의 화제를 잊고 현관 방향으로 시선을 돌렸다. 그리고 그 인물이 방에 들어온 순간, 그때까지는 어딘지 모르게 긴장감이 감돌던 방의 분위기가 확 부드러워졌다.

"어라? 여러분, 무슨 일 있었나요?"

하지만 정작 당사자— 마키는 그런 코타로 일행의 속사정을 알지 못했다. 그 이유는 마키의 삶에 소중한 사람들을 생긴 지 얼마 되지 않았기 때문이다. 그래서 그들이 마키를 걱정하고 있었다는 사실을 미처 알아차리지 못했다.

"실은 아이카 빼고 우리끼리 야식을 먹을지 말지 결정하려고 했거든. 근데 마침 네가 돌아온 거야."

그것은 말로 설명해서 가르칠 수 있는 것이 아니다. 언젠가 스스로 깨달아야 한다. 그래서 코타로는 일부러 전혀 다른 이야기를 했다. 그리고 다른 소녀들도 코타로와 같은 마음이었다.

"먹을래~! 나 먹을래~!"

"찬서엉—! 저도 배고파요오!"

"좋은 생각이니라. 왠지 소녀도 갑자기 허기가 지는구나."

"윽, 몸무게가…… 에라 모르겠다! 다이어트는 내일부터 해야지!"

"나도 먹도록 하지. 이상하게도…… 그러고 싶은 기분이야."

"역시 몸이 건강해져서 그런지 식욕이 생기네요."

"좋은 경향이어요. 다양한 음식을 먹는 것을 추천하겠사와요."

"야, 선배한테만 그러지 말고 너도 골고루 좀 먹어."

"마키 씨는 어떻게 하시겠어요?"

"그럼…… 저도 먹을래요. 집에 돌아오니까 왠지 갑자기 배가 고프네요."

다행히도 마키는 이미 차츰 깨닫고 있었다. 그녀가 평범한 소녀가 될 날이 그리 머지않았다는 것을.

"그런데 마키, 일은 어떻게 되었지?"

마키의 태도를 보면 물어보지 않아도 결과를 알 수 있었지만 키리하는 굳이 물어보았다. 역시 지저 세계의 미래가 달린 일인 만큼 키리하는 마키가 먼저 입을 열기를 기다릴 수 없었다.

"성공했어요. 반달리온파 잔당의 비밀 기지로 추정되는 거점을 발견했습니다."

마키는 그렇게 대답하고 키리하에게 미소를 보내며 빈 방석에 앉았다. 그 방석은 마키의 지정석이었다.

"그렇군…… 우리는 도박에서 이겼구나……. 후우……."

그렇게 중얼거리며 키리하는 크게 숨을 토해내고 다시 한 번 안도하는 표정을 지었다. 그렇다. 코타로 일행에게 이번 지저 전투는 전부 반달리온파 잔당의 거점을 알아내기 위한 과정이었다.

라이가가 반달리온파 잔당이 자신과 접촉했다는 얘기를 했을 때 키리하는 큰 의문을 품었다. 연금 상태인 라이가가 어떤 반응을 보일지도 모르는데, 그토록 신중한 라르그윈이 그와 접촉한 것에 위화감을 느꼈다. 만약 그것이 의도적인 행동이라면 그 안에 숨겨진 의도는 기껏해야 한두 개다. 양동 작전, 또는 코타로 일행을 불러들여 쓰러뜨리는 것. 어쩌면 둘 다. 라르그윈의 의도를 알 수는 없었지만, 키리하는 낮지 않은 확률로 라르그윈 일파가 공격해 올 것이라고 생각했다. 라르그윈은 코타로 일행이 방어력이 뛰어난 106호실을 떠나는 절호의 기회를 놓칠 인물이 아닐 터였다. 그러니 사실 코타로 일행은 그 시점에서 카스미 저택에 대규모 병력을 배치하여 공격을 막는 것이 최선의 방법이었다. 하지만 키리하는 그렇게 하지 않았다. 병력을 대규모로 배치한 것을 알면 적이 공격을 시도하지 않았을 테니까. 하루미 일행을 굳이 급진파의 기지로 보낸 것도 같은 사정이었다. 어느 정도 전력을 분산하지 않으면 라르그윈이 공격을 망설일 수도 있기 때문이다. 키리하는 라르그윈이 공격해 오기를 바라는 사정이 있었다. 그 사정이란 추적과 잠입이 특기인 마키를 일부러 전투에서 배제하고, 라르그윈 일파의 뒤를 쫓는 일에 전념하게 하는 것이었다. 라르그윈 일파는 영자력 기술은 손에 넣었지만, 마법에는 아직 손이 닿지 않았다. 지금이라면 마법에 집중하면 추적이 가능할지도 모른다고 키리하는 생각했다. 그래서 급진파 기지에 잠입하는 사람은 마키가 아닌 하루미가 되었다. 마키에게 가장 바라는 것은 라르그윈을 추적하는 것. 전투에 참여하지 않고 처음부터 추적에 전념한다면 성공할 가능성이 높다고 생각했다.

그러나 이것은 큰 도박이었다. 애초에 정말 라르그윈이 공격해 올까? 설령 공격해 온다고 해도, 라르그윈이 공격을 결심할 만큼 아슬아슬한 전력으로 맞받아쳐야 한다. 라르그윈은 자신이 불리하다 싶으면 공격하지 않을 터였다. 뿐만 아니라 마키가 추적 준비를 마칠 때까지는 방어 위주로 버텨내야 한다. 공격에 치우친 티아나 시즈카에게는 힘든 상황이 계속될 것이다. 그리고 설령 전투에서 승리하여 라르그윈 일파를 퇴각시킨다 해도, 마키가 과연 라르그윈의 거점을 찾을 수 있을지는 알 수 없었다.

하지만 운 좋게도 키리하는, 그리고 코타로 일행은 이 도박에서 승리했다. 하지만 적이 초대형 대포를 4문이나 끌고 온 것은 예상 밖의 일이었기 때문에 정말로 아슬아슬한 승리였다. 유리카의 활약이 코타로 일행을 살린 거나 다름없었다. 그리고 마키는 동료들이 열심히 만들어준 기회를 제대로 활용해서 라르그윈의 거점을 찾아내는 데 성공했다.

"정말 잘했어, 아이카."

"사토미 군이 믿어줬기 때문이에요."

"믿고 기다리는 게 얼마나 힘든 일인지 이번 기회에 뼈저리게 느꼈어."

"나는 항상 그래왔지."

"응. 이제는 키리하 씨의 심정을 잘 알겠어. 키리하 씨, 항상 고마워."

"그대가 그렇게 말해 준다면 어떤 고생도 보답받을 수 있어, 후후후……."

"사토미 군도 우리가 고맙다고 하면 보답받는 기분인가요?"

"아니, 내 경우는……."

코타로의 목소리가 점점 작아졌다. 기분 탓인지 얼굴도 빨개진 것 같았다. 결국 목소리는 속삭이는 수준까지 작아져서, 옆에서 귀를 대고 있는 마키만 끝까지 들을 수 있었다.

"어머나…… 후후후……."

코타로의 대답을 다 듣고서 마키는 한순간 눈을 동그랗게 떴다가 웃음을 터뜨렸다. 그 모습을 본 키리하는 가볍게 손짓하며 마키에게 물어보았다.

"코타로가 뭐라고 했지?"

"사토미 군은……."

"굳이 안 알려줘도 되잖아."

"―우리의 미소를 볼 수 있다면, 더 바라는 게 없대요."

"욕심이 없구나, 사토미 코타로."

"……냅두셔."

기어들어가는 목소리로 한 말을 마키가 폭로하는 바람에 창피해진 코타로는 뒤로 휙 돌아서 키리하를 외면했다. 그래서 이때 키리하가 지은 미소를 미처 보지 못했다.

"코타로, 코타로―. 뭐 하고 있어―?"

"아무것도 아냐. 잠깐 생각 좀 하고 있었어."

"흐응― 할 거 없으면 내 편 좀 들어줘. 야식으로 카레를 먹을지 라멘을 먹을지 다투는 중이야."

"넌 뭘 먹고 싶은데?"

"카레."

"안 됐네. 나는 라멘이 먹고 싶어."

"아 왜~ 이럴 때 내 편을 들어주는 게 코타로의 사명이잖아~?"

"사나에 양, 저는 카레가 좋아요."

"정말?! 그럼 코타로는 필요 없으니까 마키가 와."

"거 참 가벼운 사명감이구만."

"그럼 코타로는 내가 가져가도록 하지."

"나는 내 거야!"

"이런, 이런. 쓸데없는 저항 하기는……."

코타로 일행의 밤은 그렇게 깊어갔다. 아직 싸움은 끝나지 않았고, 라르그윈 일파는 지금도 다음 싸움에 대비하여 계책을 세우고 있을 것이다. 하지만 모든 것은 내일부터다. 오늘은 마음의 짐을 편히 내려놓고 내일을 준비해야 한다. 코타로 일행은 이제 잘 알고 있다. 이 방에 있는 사람들 중에 싸움을 좋아하는 사람은 단 한 명도 없다는 것을. 그래서 때로는 이렇게 서로에게 기대어 쉬어야 하는 것이었다.

NEW!

2011/6/9

제26조 수정

코로나 육전 조약에 비준하는 자들은 니지노 유리카(코로나장 106호실 거주)의 특기 마법이 독과 산 및 부패가 아님을 인정한 것으로 간주한다.

또한 니지노 유리카(코로나장 106호실 거주)의 호칭으로써 『부녀자』라는 단어의 이용을 금지한다.

제26조 수정 보충

니지노 양, 잠깐 괜찮을까요? 무슨 일이세요오, 사쿠라바 선배? 이 『부녀자』라는 건 무슨 뜻인가요? 에엣, 그, 그거언……. 그건? 두, 두부를 좋아하는 여자애라는 뜻이에요오! 그렇구나, 신기한 표현도 다 있네요!

■작가 후기

발매일은 3월입니다만, 새해 복 많이 받으세요. 작가 타케하야입니다. 이번에도 무사히 『단칸방의 침략자!?』 34권을 보내드렸습니다. 이번 후기는 4페이지인 것 같으니 조금 간결하게 쓰겠습니다.

이번 권에서는 드디어 지저 세계와 그 영자력 기술에 손을 뻗기 시작한 라르그윈 일파와의 공방이 시작됩니다. 다만 코타로 일행과 라르그윈 일행의 승리 조건이 다르기 때문에 이번 결말은 양측의 승리로 끝났죠. 그리고 다음에는 아마 결전이 벌어지지 않을까 싶습니다.

그런 이야기 속에서 이번 34권의 관전 포인트라면 하루미의 진심 모드가 아닐까요. 구체적으로 어떤 방식으로 싸우는지 궁금해하신 분들이 많으셨을 것 같습니다. 하루미와 알라이아가 철저하게 지키는 어떤 방침 때문에 코타로가 없는 상황이어야만 발동하는 전투 모드이고, 심지어 그런 상황 자체가 매우 일어나기 힘듭니다만, 이번에는 마침 그런 기회였기 때문에 시도해봤습니다. 다음 등장 기회는 한참 나중이 될 것 같네요(웃음).

또 다른 볼거리는 유리카의 새로운 마법. 산과 독에 이어서 세 번째 필살 마법이 베일을 벗었습니다. 이 새 필살 마법은 틀림없이 효과적입니다만, 이제 슬슬 다크니스 레인보우로 이적을 고려하는 게 낫지 않을까 싶을 정도로 그녀의 마법소녀로서의 이미지 하락을 초래하는군요. 그리고 원치 않는 별명을 얻은 것 같기도, 얻지 못한 것 같기도? 앞으로도 마법소녀 레인보우 유리카의 활약을 기대해 주세요.

반대로 볼거리가 좀 부족했던 것은 티아와 시즈카겠군요. 특히 티아는 새로운 장비를 들고 나왔는데도 별로 활약하지 못한 모습입니다. 그건 이번 권을 끝까지 읽으신 분들은 이미 알고 계시겠지만, 이번에는 방어에 전념해야 하는 사정이 있었기 때문에 결과적으로 공격에 치우친 멤버들은 활약할 수 없는 내용이었습니다. 아마 그녀들의 활약은 다음 35권으로 넘어갈 것 같네요. 티아의 새로운 장비도 크게 활약할 겁니다.

그리고 그 35권에서는 새로운 황녀가 등장합니다. 그 이름은 제5황녀 네피르폴란. 그녀는 엘파리아의 지시에 따라 지구로 파견됩니다.

네피르폴란은 무예의 달인으로, 전투 전반의 천재(살짝 사격에 치우친)인 티아와는 다르게 근접전에 특화된 타입입니다. 따지고 보면 티아보다는 시즈카의 라이벌일지도 모르겠네요. 그녀의 개인 칭호는 아르다사인, 꿰뚫는 대형 창이라는 뜻입니다. 그 칭호처럼 거대한 창을 휘두르며 돌격하는 모습을 볼 수 있을 겁니다. 다음 권은 이번 권에 이어서 라르그윈 일파의 거점을 공격하게 될 테니, 그녀가 힘을 마음껏 발휘할 수 있겠군요. 티아의 새로운 장비와 어깨를 나란히 하고 돌격하려나요? 기대해 주세요!

아참, 본작에 관한 흥미로운 뉴스가 있습니다. 실은 몇 년 전부터 『단칸방의 침략자!?』의 E북이 미국에서 영문으로 번역 출간되고 있는데, 최근에 종이책을 출간하기 위한 크라우드 펀딩이 진행되었습니다. 목표 금액은 5만 달러로, 달성하면 31권까지를 열 권으로 엮은 책을 1천 부씩 인쇄하는 조건이었죠.

솔직히 말해서 해외인 데다 작품의 인지도가 낮아서 힘들 거라고 생각했습니다. 그런데 막상 시작해보니 웬걸, 목표 금액의 세 배를 훌쩍 넘긴 16만 5천 달러(약 1,800만 엔)를 달성했지 뭡니까. 이는 해외라는 점을 감안하면 엄청난 결과입니다. 게다가 많은 분들이 아마 E북으로 읽으셨을 거라고 생각하니, 이중으로 지지를 받았다고 생각합니다. 팬 여러분의 열의를 확실하게 확인할 수 있는 형태로 보여주셔서 저와 편집부 일동 모두 놀라움과 함께 감사한 마음이 가득

합니다.

열성적인 팬 여러분이 전 세계에 있고, 그곳에 작품을 보내드릴 수 있는 시대가 되었네요. 이번 영문판 외에 대만, 한국, 태국, 중국 이렇게 4개 언어권에서 출판 중인 것으로 알고 있습니다. 그리고 팬 여러분이 살고 계신 나라까지 세면 무려 십여 개국에 이르는 것 같습니다. 일본만이 아니라 모든 나라 팬 여러분의 기대에 부응할 수 있도록 노력하겠습니다. 앞으로도 많은 응원 부탁드립니다.

아, 페이지가 딱 알맞게 남았으니 이번에는 이쯤에서 마무리 짓겠습니다.

이번 권을 제작하는 데 힘써주신 편집부 여러분. 갑작스럽게 내놓은 새 메카를 불평 한마디 없이 멋지게 그려주신 일러스트 담당 뽀코 씨. 그리고 일본과 세계 각국에 계신 독자 여러분께 진심으로 감사드립니다.

그럼 35권 후기에서 다시 뵙겠습니다.

2020년 1월

타케하야

단칸방의 침략자!? 34

초판 1쇄 발행 2024년 7월 10일

지은이_ Takehaya
일러스트_ Poco
옮긴이_ 원성민

발행인_ 최원영
본부장_ 장혜경
편집장_ 김승신
편집진행_ 권세라 · 최혁수 · 김경민 · 최정민
커버디자인_ 양우연
국제업무_ 박진해 · 남궁명일
관리 · 영업_ 김민원 · 조은걸

펴낸곳_ (주)디앤씨미디어
등록_ 2002년 4월 25일 제20-260호
주소_ 서울시 구로구 디지털로 32길 30, 코오롱디지털타워빌란트 1301-1308호
전화_ 02-333-2513(대표)
팩시밀리_ 02-333-2514
이메일_ lnovellove@naver.com
L노벨 공식 카페_ http://cafe.naver.com/lnovel11

rokujyouma no shinryakusya!? 34
© Takehaya
illustration Poco
Original published in Japan in by HOBBY JAPAN Co., Ltd.

ISBN
ISBN

값 8,500원

15세 미만 구독 불가

친구 여동생이 나한테만 짜증나게 군다 1~10권

미카와 고스트 지음 | 토마리 일러스트 | 이승원 옮김

교우 관계 사절, 남녀 교제 거부, 친구라고는 진정으로 가치 있는 단 한 사람 뿐.
청춘의 모든 것을 「비효율」적이라 여기며 거절하는
나, 오오보시 아키테루의 방에 눌러앉아있는 녀석이 있다.
내 여동생도, 친구도 아니다.
짜증나고 성가신 후배이자 내 절친의 여동생인 코히나타 이로하다.
"선배~, 데이트해요! ……라고 말할 줄 알았어요~?"
혈관에 에너지 음료가 흐르고 있는 듯한 이 녀석은
내 침대를 점거하고, 미인계로 나를 놀리는 등, 나한테 엄청 짜증나게 군다.
그런데 왜 다들 나를 부러워하는 거지?
알고 보니 이로하 녀석도 남들 앞에서는 밝고 청초한 우등생인 척하기 때문에
엄청 인기가 좋은 모양이다.
이봐…… 너는 왜 나한테만 짜증나게 구는 거냐고.

끝내주는 짜증귀염 청춘 러브코미디, 스타트!!

NOVEL

라이트노벨의 새로운 빛! L노벨의 신간은 매월 10일에 발매됩니다. http://cafe.naver.com/lnovel11

의매생활 1~7권

미카와 고스트 지음 | Hiten 일러스트 | 박경용 옮김

고교생 아사무라 유우타는 부모의 재혼을 계기로,
학년 제일의 미소녀 아야세 사키와 남매로서 한 지붕 아래 살게 됐다.
너무 다가가지 않고, 대립하지도 않으며, 적절한 거리감을 유지하자고 약속한 두 사람.
가족의 애정에 굶주린 고독 속에서 노력을 거듭해왔기에
다른 사람에게 어리광 부리는 방법을 모르는 사키와,
그녀의 오빠로서 어떻게 대해야 할지 몰라 당황하는 유우타.
어쩐지 닮은 구석이 있는 두 사람은,
같이 생활하면서 차츰 편안함을 느끼게 되는데…….
이것은 언젠가 사랑에 빠질지도 모르는 이야기.

완전한 남이었던 남녀의 관계가 조금씩 가까워지며
천천히 변해가는 나날을 적은, 연애 생활 소설.

라이트노벨의 새로운 빛! L노벨의 신간은 매월 10일에 발매됩니다. http://cafe.naver.com/lnovel11

L NOVEL

새 엄마가 데려온 딸이 전 여친이었다 1~10권

카미시로 쿄스케 지음 | 타카야Ki 일러스트 | 이승원 옮김

어느 중학교에서 어느 남녀가 연인 사이가 되고,
꽁냥꽁냥거리다, 사소한 일로 엇갈리더니,
두근거림보다 짜증을 느낄 때가 더 많아진 끝에…… 졸업을 계기로 헤어졌다.
그리고 고등학교 입학을 코앞에 둔 두 사람은—
이리도 미즈토와 아야이 유메는, 뜻밖의 형태로 재회한다.
"당연히 내가 오빠지.", "당연히 내가 누나 아냐?"
부모 재혼 상대의 딸이, 얼마 전에 헤어진 전 연인이었다?!
부모님을 배려한 두 사람은『이성으로 여기며 의식하면 패배』라는
「남매 룰」을 만들지만—
목욕 직후의 대면에, 둘만의 등하교……
그 시절의 추억과 한 지붕 아래에 산다는 상황 속에서,
서로를 의식하고 마는데?!

일주일에 한 번 클래스메이트를 사는 이야기 1권

하네다 우사 지음 | U35(우미코) 일러스트 | 이소정 옮김

그녀— 미야기는 이상하다. 일주일에 한 번 오천 엔으로 나에게 명령할 권리를 산다.
같이 게임을 하거나 과자를 먹여달라고 하거나,
가끔씩 기분에 따라서는 위험한 명령을 내리기도 한다.
비밀을 공유하기 시작한 지 벌써 반년이 지났지만,
그녀는「우리는 친구가 아니야」라고 말한다.
저기, 미야기. 이게 우정이 아니라면 우리는 무슨 관계야?

그 사람— 센다이가 아니면 안 되는 이유는, 지금도 딱히 없다.
내 우연한 변덕에 그녀가 따라줬다. 단지 그뿐.
그래서 나는 어떤 명령도 거부하지 않는 그녀를 오늘도 시험한다.
……내년 봄, 만약 다른 반이 되더라도, 그녀는 이 관계를 계속 이어가줄까.
지금은 그게 조금 신경 쓰인다.